走過歷史

胡惠南著

目錄

〈推薦序一〉

胡惠南其人其文

・曾天・

亦商亦文，謙謙君子

我認識胡惠南先生，大約已有四十年的歷史，那時胡兄在本京（曼谷）一家跨國公司任廣告主任，我則在《世界日報》任社會新聞版主編兼偶發新聞採訪記者，因此在許多重要的招待會上都常見面。胡兄精中、英、泰文，他的廣告做得很出色，是當年泰華的宣傳高手，在一年一度的哇棲拉兀盛會的商展場中，許多大型商館的搭建和指揮繪製巨幅廣告宣傳畫，都是他一手搞出來的佳構。據我所知，他為了遵行「有健全的體魄，才有健全的事業」，這句西洋名諺，四十年來，無論在內地或曼谷，或在外國旅行，他都沒有放棄打太極拳或打高爾夫球。因此，他的身體非常健康，四十年來幾乎不曾病過，整天除了正常的生活起居外，就是精神奕奕地工作、工作、再工作。更因為健康，所以四十年來他的臉上都掛著笑容（這是許多朋友一向的觀感，至少筆者每次與他相遇，都是笑臉迎人）。朋友們都公認胡兄待人接物彬彬有禮，對朋友重友誼，態度溫文爾雅，是一謙謙君子，大有「儒將之風」的好好先生，他的兒女們都尊敬其父親，稱爸爸為「可愛的鐵人」。

後來胡兄自己做生意，他是赤手空拳打天下的英雄，當然也吃過許多苦頭，才能創造出今天的跨國事業。我認為胡兄是一位沉毅奮發，打脫門牙和血吞，從零開始，經過艱辛奮鬥而創造了經濟繁榮的泰國工商業界的「五星上將」。

從六〇年代至八〇年代而至九〇年代初，胡兄在七〇年代中期至八〇年代初期，因把全部精力投進事業方面，所以寫作中斷了一個時期。其餘歲月，他沒有其他不良嗜好，就是喜歡舞文弄墨，他在這些年月中，用了許多筆名，如胡圖、胡徒、胡謂、蒲里、胡道、八道……等等，寫了許多優秀的散文、雜文、遊記……等甚豐，但是胡兄對其大作，沒有好好收集，以致遺失了許多，今次在許多文友的催促之下，才把一些存稿集印成《走過歷史》，大約十萬字左右，只是其作品中的一部分而已。

文章多面手，活潑有笑聲

胡兄文如其人，每篇文章都使人發笑或會心微笑，或美好的讚譽之笑……等等的笑聲和情趣，例如〈母校憶往〉中一節：「謝校長開始對我們訓話，謝校長講的國語，在我們那時候的程度的人聽起來，彷彿是在聽『官話』，但覺：『鹹、甜、酸、香、澀』，五味俱全，聽後個個汗流浹背，六神無主。」——這使我們聯想到五十年前鹹水國語的趣事，「到了出發那天，租了一輛大巴士車，規定開車的時間是上午九點，而事實上，早在五點多鐘，已經有同學（包括我在內），陸續到了操場，等待出發，丁老師為我們準備了麵包，和一大鍋『雙卡耶』，和好多瓶白開水……大家精神抖擻，興高采烈，彷彿眼前就要展開一場二萬五千里的長征！」——這是多麼純真的童心啊！總之胡兄文章的特點就在於真情流露，而且處處都表現了樂觀人生的自然笑聲，多逗笑的章節，因篇幅關係，未能一一寫出，請讀者諸君自己欣賞就是了。

胡兄是寫文章的多面手，我喜歡胡兄的「散文」，亦愛好他的「雜文」，尤其喜歡他的「遊記」，因為散文充滿生活的情趣，純真的感情，雜文具備了幽默和諷刺，以及正確的理論性與浩然正氣。記述寫得翔實、簡潔、生動、反映了當地的風俗民情、史地、人文……等，彷如跟著他的筆底乾坤，走進「萬國博覽會」、「孟加拉」、「美國」、「西歐」、「今日德國」去遨遊一番，給我們許多新知識新見聞，使讀者受益良多，因此我認為胡兄在工商業和寫作上的成就，都是很出色的。

此外，「胡文」的文筆樸質流暢，遣詞造句雅健達兼備，顯出了胡兄的文學造詣是深厚的。內容充實，活潑生動，多采多姿，可讀性非常之高。

榮膺副會長，文壇增華采

西元一九九四年二月末，泰華作協第七屆理事會成立，胡兄被公推為副會長，會員們都感到「咸慶得人」，胡副會長在接受副會長的職位時謙虛地說：「願追隨諸先進之左右，為泰華文壇獻出可能的微力！」

胡惠南副會長，於西元一九九四年七月，率領泰華作協四人代表團，出席參加菲律賓主持的第四屆亞細安華文文藝營大會，祝願一切順利成功。

胡惠南先生和夫人羅慧儀女士（亦是業餘作者，擅寫報告文學）；有四男二女，均係學士、碩士、大學教授和鋼琴家，有的協助胡先生龐大的業務，因此，胡先生已半息仔肩，抽空做些——心中長相掛的「舞文弄墨」的筆耕工作，為泰華廣大讀者提供豐富的精神糧食，與文友們協力創造泰華文藝的春天。

〈推薦序二〉

雜文名手胡惠南

·李洵·

五、六〇年代，當我最沉醉寫作的時期，我也注意各報副刊的作者。那時，我發現了胡惠南——這個擅長雜文的筆名。我喜歡讀胡惠南筆觸犀利、文風辛辣的雜文，後經友人介紹認識了他，一個身材中等，不胖不瘦，臉上老掛著微笑的業餘作家。由於自己對寫作充滿濃厚興趣，甫見面我便天真地告訴胡先生：「你的文章寫得很好，應該多寫……」

對方聽我這麼說，只是笑笑，沒什麼表示。

不久之後，我在文藝副刊上遍尋胡惠南這個筆名，怎麼找也沒找到，心想：我不說倒好，一請他寫，他便封筆了。

一晃二十年，今年初，胡惠南先生經文友的推介，加入了「作協」，循我會的要求，胡先生影印了以前部分作品給我們閱讀。在餐會上，我又不客氣地向胡先生邀稿：

「好久不見大作，現在正式加入『作協』，應該抽空多寫……」

胡先生不置可否，還是笑笑。

也許是經不起我的一再催稿，胡先生不好意思再推托吧，兩個月前，他為我寄來了一篇題為〈戒菸三載話香菸〉的散文。惠南先生停筆多年，今番重現文壇，果然一鳴驚人！「戒文」文體輕鬆活潑，流暢中顯出穩健，一見便知出自行家之手，不僅作為編者的我十分欣賞，此文刊出後，當天便有好多位文壇前輩撥電話給我，再三讚美胡先生的妙文，委實難得一見，寄語胡先生要多多創作，以饗讀者。

越兩日，我又在《世界日報》湄南河副刊上，讀到惠南先生另一篇散文——〈醫牙與牙醫〉。內容雖是敘述日常生活小節，但文筆幽默，不乏人生哲理。由最近兩篇散文，顯見胡先生非但寶刀不老，而是愈磨愈利啊。

胡先生祖籍廣東豐順，一九三四年生於曼谷七層樓後安南巷，幼年就讀培英學校，後轉學黃魂，及後再進教會學校進修英文數年。才是十四、五歲的胡惠南，那時還在黃魂念高小，趁暑假之便，到是拉差海濱度假。他受到大自然旖旎風光所召喚，童稚之心，充滿激情。回到曼谷，他第一次嘗試寫文章，寫了近兩千字的〈浮光掠影是拉差〉遊記，寄到《中原報》去發表。與其說胡惠南是一位幸運兒，毋寧說是他的才華過人。這篇充滿純真感情的遊記文章，他本意是想投少年園地，不料卻被編者賞識，被移刊於泰事版，並在該文左上角加上「特寫」。

當被老師發現文章刊於主要版位上，並在課室中向同學表揚、讚美時，純真的胡惠南竟羞得臉紅起來。

初次的勝利，使每一個年輕人對未來的人生途徑充滿著信心，自然胡惠南也不例外。他開始對寫作產生濃厚興趣，離開學校在商場馳騁之後，他也和一般業餘作者一樣，利用夜晚讀書，寫散、雜文投文藝副刊。

從惠南先生影印的已刊出文稿看，一九五五至五八年間，他為《光華報》湄風版寫一個雜文專欄「椰風蕉雨」，那時他的筆名多至五個，即：胡惠南、胡道、胡鵪、胡徒。

光華報停刊後，胡先生又為《良友週報》及《希望》半月刊寫稿，用的筆名是：胡馬、八道。

六〇年代為《中華晚報》湄江版執筆的筆名是：胡說。為《華風週報》湄濱版「雅言」專欄寫雜文的筆名，為胡謅及薄猋哩。

據所知，惠南先生的作品，五、六〇年代的散文、雜文不下數百篇之數，可惜大部分稿件遺失，目前僅剩下數十篇而已。

晚近數年，胡先生商場得意，且亦十分忙碌，已無暇寫文章。八〇年代曾為《工商日報》寫過數篇評論文字，也寫了數篇文長約萬餘字，並有插圖的遊記，其中有〈苦差美國行〉、〈西歐初探〉、〈孟加拉遊記〉，還有一篇七〇年代的〈萬國博覽會去來〉。

我花了一週時間，斷斷續續地讀了胡先生數十篇散文、雜文和遊記。

在我膚淺的感覺，胡先生的創作路線，最成功的是他的雜文和散文。他有他自己的獨特風格。寫雜文時：針對時弊、筆調辛辣、諷刺；散文則顯得輕鬆、幽默、活潑……。他的遊記更是集智慧的大成，對某些過訪的國家的政治、經濟、歷史、文化及藝術，都作了十分詳盡的報導。亦隱隱道出了一個遠赴外地的旅遊者，那種緊張、難以適從，亦喜亦憂的複雜心態，既令讀者為作者擔憂，亦令讀者分嘗到一份喜悅！像這樣的好文章，是不應讓它湮沒的。

最近，我見到胡惠南先生，我告訴他，最好把他的作品收集起來，刊印成集，今後既不愁遺失，也好作個紀念。

胡先生笑答：「我覺得還不夠資格。」

我覺得他太客氣，也太自謙了。我再仔細回味胡先生最近兩篇新作──〈戒菸三載話香菸〉及〈醫牙與牙醫〉。他童年時偷吸父親的鴉片的情景「……趁父親不覺，我便搶過煙筒，架在油燈上，伸長脖子，猛力一抽：嘩！但覺喉頭有如萬馬奔騰，腦袋似波濤澎湃，肺腑一翻一滾，耳際像雷鳴電閃，眼前一片模糊，淚水滿面，雙腳挺直……」

這裡再引一段胡先生在〈醫牙與牙醫〉中生動的描寫：

「……這時但見王廷英，作一手勢，鑼聲戛然而止，他一手牽著牙痛人走向場中央，神閒氣定，再擺一個坐馬姿勢，調勻呼吸，氣沉丹田，運勁在大拇指和食指上，叫你張開大口，他便兩指夾在牙齒上，吩咐你一聲咳嗽——這一聲咳嗽，還要配合王廷英聲震寰宇的一聲獅子吼，那牙齒便應聲而出，緊接著他再命你在地上翻三個筋斗……。我孩童時的第一顆牙，便是在這三個筋斗之下拔出。

「到了最近，那隱隱作痛，甚至於偶然劇痛的牙齒，已經到了忍無可忍，非看牙醫不可了……那根照鏡在我口腔內愈是用力往上頂，我的嘴巴便愈張得大。眼睛沒處擺，只得瞪著上面發亮的電燈泡，呼吸由起初的急促緩緩地變成氣若游絲，耳際但聽刀、槍、劍、戟、金屬工具碰撞的聲音，但覺魂飛魄散，膽顫心驚……這時我又猛然想起王廷英，我寧願用三個筋斗去治療……」

好個「魂飛魄散，膽顫心驚！」惠南先生的語言是多麼生動，令牙痛人感同身受，又使人發笑啊！

讓我重複一遍，胡惠南先生如不多寫幾篇散文予讀者欣賞，實在可惜！

〈推薦序三〉

文壇宿將胡惠南

・陳博文・

胡惠南先生送給我一份他的大作複印本，內中包括有遊記和雜文，十分精彩，深具可讀性，翻閱之下，不禁為其精純與雋永的文句所吸引，很快的把它全部讀完。

胡先生這一批作品，寫作期是自六〇年代至八〇年代，雖然為期頗遠，但文章並沒有失去其時間性價值，相反的卻是歷久彌新，使人閱讀之餘，更有諫果回甘之感，中間尤其是一些反映六〇年代的作品，現在重讀一番，當時的社會情景，似乎重現眼前，不禁為之悠然神往，緬懷不已。

胡先生寫的遊記共有三章，即：〈苦差美國行〉、〈西歐初探〉和〈孟加拉遊記〉。這幾篇遊記，真正是屬於寫實文章，它沒有一般流水帳式遊記的濫觴，是純粹以精簡的文句來敘述行程的即景事跡，十分生動誘人，一經讀上首段即非繼續將之讀完不能滿足。我就是這樣把這三章字數約一萬五千的文章一口氣讀完。

俗語說：「讀萬卷書，行萬里路。」畢竟憑書本上的見聞，還是有點隔膜，能夠親履其地，才真正是百聞不如一見。在這三篇遊記中，有很多值得指出的特點：芝加哥「聖類易斯拱門」的宏大景觀，西班牙「巴莎羅那」的優美風景，孟加拉市場的風光，胡先生都有詳細的描寫，尤其是對某一地域，雖無法深入了解，但也有適當的介紹與交代，這是真正懂得寫遊記的訣竅，較諸一般專寫某日到某地方接受某人的招待宴歡的粗俗遊記大有天淵之別。

胡先生以多個筆名寫專欄雜文，自從六〇年代的《光華晚報》至八〇年代的《工商日報》，他以嘻笑怒罵的筆觸，寫盡蒼生百態，社會上的矛盾現象，人性間的邪惡醜陋，都成為他的寫作題材，有的也成為他諷刺與抨擊的對象。讀完他數十篇雜文，我不由為之擊桌讚賞，此中又有很多警句，值得加以牢記，就像那篇〈恨的哲學〉中，有兩句這樣說：「歷史上很多暴政統治，都是在恨字達到了飽和點之下被連根翻起的。」這篇文章，他寫於一九五七年，距今已三十三年，他寫出的在此時還是放諸四海而皆準，羅馬尼亞的薩索斯古不就是在如此全民憤怒之下完蛋嗎？我一向有濫讀的習慣，幾乎拿到手的書報，一視同仁的將之讀完，然而近年來，時間與視力都成問題，所以不得不加以抑制，對於讀物也開始挑選，值得讀的文章，固然沒有放過，至於低調作品則唯有割愛了。胡先生的文章雖是複印本，但我認為較諸精裝書籍更為寶貴，因為這是原稿本，有錢也買不到的，所以我要把它珍藏起來，另一希望就是胡先生未老寶刀再現江湖，讓泰華文壇增添一枝如椽的彩筆。

〈代序〉

遲到的茶香

又是中秋。在十年前的中秋節，我到曼谷參加有關電子商務的研討會，順道也拜會了幾個老朋友。惠南是我多年的至交，兩人除了商務往來之外，還曾經有為報紙雜誌撰稿的共同愛好，所以一定要相聚歡樂一下吧？何況又逢中秋佳節呢！聚會地點是一間當地有名的潮州酒樓，名廚名菜自不在話下，賓主盡歡也按下不表。惠南知道我嗜茶如命，席間特別送我一罐茶葉，說是親人捎來的家鄉茶，名叫鳳凰單叢。現在只記得當時我除了謝過之外，對茶葉本身並未在意，何況家中收藏天下名茶無數，對此等「小茶」態度冷淡亦可想而知。

但是，今天才發現出事了，出大事了，出大大事了！

故事還要從開頭說起。時光一晃過去了十年，這罐小茶在我家的倉庫裡也足足「蹲」了十年。今天有多位知心茶友來我家會茶賞月，自然也要大開茶戒。這裡有自己親自上山守夜才能得到的明前龍井開茶，有意外珍藏五十年的臺灣老茶第二，還有已經難得的八八青餅七五四二殿後。茶過三巡，味蕾極盡享受之後，大家才開始品嘗月餅。閒聊中，我忽然想起了什麼。對啦！我想起了好友惠南，大家七嘴八舌開始說起惠南的好，恭喜他今天在泰國全家團圓。緊接著，我忽然又想起了什麼。嗨！還有惠南贈送的小茶可以試試呀，茶在其人也不遠嘛！於是，經過翻箱倒櫃地折騰一番，終於找出來這十年前的茶罐，好難得呀！

故事還要從細部說起。這小茶罐個頭不大，腰圍也不粗，端詳其內含茶葉大約兩百克。這小罐外觀造型樸實無華，採用單色印刷，正面只有六個小字「宋株鳳凰單叢」，背面印有盧仝的〈七碗茶〉歌，歪歪扭扭，顯出是應景之作。除此之外沒有任何其他資訊，想當然不應是流通商品。那麼，依據惠南所說是「親人捎來的家鄉茶」，極可能是茶農小量自製，親朋自己飲用而已。一般來說茶葉品質可以，也不會太高。但這其貌不揚的小罐居然沿著鄭和下西洋的路線，千里迢迢趕來泰國，經過一個大企業家，輾轉交付我的手裡，不應該是一罐普通茶葉吧？忽然，大家都不約而同地被小罐上「宋株」兩個字所吸引，難道還會有宋代的古茶樹？

故事還要從品茶說起。話不多說，品茶！打開茶罐，撲鼻的是幽幽的桂花香。再觀其外形，條索重實緊結，色澤烏褐油潤，沒有沖泡就感到茶氣不俗。選一盞清中期的白瓷蓋碗和幾枚白瓷小杯，就用這簡單的茶具來沖泡這神祕的小茶。斟約五克茶葉，用鐵壺燒泉水滾開，注入蓋杯，不等不震不搖，直接將茶湯斟入小杯，稍事聞香後，即入口品嘗，頓覺桂花香氣濃郁，不苦不澀，回味甘甜。此刻，大家相視一笑，第一泡十分完美！第二泡入口極之入味，順喉直下，所到之處皆是芳香。第三泡香味依然濃郁，回味依然甘甜，又添加了清香之外的甘醇，讓人震撼。接此，每一泡都令人振奮，直到二十泡仍有餘香。整體茶氣溫柔婉約，落落大方，坦坦蕩蕩，真是一杯春露暫留客，兩腋清風幾欲仙，君子之風和大將之氣同在，非常難得。

故事還要從歷史說起。這小茶還真不簡單，細究之下才知道原來其大有來頭。宋株鳳凰單叢產於潮州市鳳凰鎮烏崬山區。該區海拔一千米以上，終年雲霧繚繞，空氣溼潤，土地肥沃。山上尚存三千多株高大古茶樹，其中被稱為宋株的只有七棵，樹齡都在六百年以上，每年產茶不過幾十公斤，聽說現在價格驚人。由於採取單株採摘，單株加工，單株包裝，每一罐茶葉的歷史都非常清楚，只是外人無法分辨。這茶有著無可預知的美，令人十分驚豔，只要品嘗過一次就無法忘懷。那股幽幽的氣息總是伴隨左右，紙墨冷香依舊之感，字間溫暖猶存之情，從始至終。

惠南輕輕地，用一罐小茶帶我進入一個全新的世界，但我卻差點兒就此錯過。惠南的文集即將再版，讓我們再次享受那雜文的冷香、散文的溫醇和遊記的驚豔，幸運的讀者都不會錯過。

茶顛寫序，還是聊茶。〈遲到的茶香〉是為序。

交遇歷史

母校憶往

大約半個世紀以前，第二次世界大戰才了的時候，有一天，父親匆匆帶著我到培英學校報名入學。後來我才知道，那天是培英學校復校第一天接受入學報名，只半天時間，名額便登記完了。我趕上了三年級的甲班，是培英學校最低的一班。最初的班主任是陳舜娟老師，過了不久，就換了丁淑琴老師。那時候，是謝和校長時代，教務主任翁永坤老師，訓育主任彷彿是一位高高瘦瘦、鼻梁上架一副深度近視眼鏡的黃老師，後來才是陳宗悼老師。

飲水思源半世紀，校長良言水一杯

那時每星期一都有週會，是在早晨上課之前舉行，地點設在三樓大禮堂。講臺下放一架鋼琴，週會開始，照例是全體肅立，向泰皇陛下暨國父遺像行鞠躬禮。然後由教我們音樂課的盧儒茂老師彈奏三民主義國歌；謝和校長恭讀總理遺囑：「余致力國民革命凡四十年……」讀畢，謝校長便開始對我們訓話。謝校長講的國語，在我們那時候國語程度的人聽起來，彷彿是在聽「官話」，但覺「鹹、甜、酸、香、澀」，五味俱全，聽得個個汗流浹背，六神無主。謝校長察顏辨色，了然於胸，遂也附順民情，從善如流，改用潮語對白。至今令我永遠忘不了的是他老人家教導學生們強身之道是每天早晨飲白開水一杯——別小看這一杯白開水，我這半個世紀來每天清早空腹飲的那一杯白開水，一直維持到今天，便是當時謝老校長的那句名言，使我至今飲水思源，緬懷不已！

聚蚊成雷，禍延師長；鈕釦塞嘴，免開尊口

學生們到了禮堂，人物一多，真正聽講臺上訓話的人到底沒有幾個。大家是你一言，我一語，吵吵嚷嚷，像一個菜市場。這時，謝老校長便會板起面孔，瞪著眼睛，怒道：「聚蚊成雷！」

那時，另外一班級的班主任朱老師，為了不讓他班級的同學蒙上這聚蚊成雷的惡名之羞，每次週會的時候，他班級的同學便一律都摘下一顆銅鈕釦，含在嘴唇，以保證他班內的學生絕對不發「雷音」，因為嘴巴含著鈕釦，不能開口講話也。原來那時候，培英學校的制服是黑色短袝和白襯衫，鈕釦是白銅電鍍扣上去的，大約有一顆白果那麼大小，一排五顆，兩肩各一顆，一共是七顆，在那時候，我覺得培英學校的這套黑白分明的制服確實神氣極了。

提起朱老師，順便補上一筆，從年頭到年尾，他總是清一色的穿著一件白襯衫，一條西裝白短袝，左手夾著一只黑皮夾。在上課之餘，還領導

他班內的學生，在課室外走廊，每人種一盆花。下課後，必定親自帶領學生們澆花，忙得不亦樂也。不久，那條走廊百花齊放，爭妍鬥豔，便是朱老師但事耕耘，不問收穫的人生寫照。

三百六十日，磨穿鐵硯；二萬五千里，長征挽蒲

丁淑琴老師做了我一年的班主任，那時候，一學期是六個月，一年二學期。丁老師在第二學期開學的時候，便勉勵我們，要大家用功讀書，到學期完了時，她要帶領全班同學到「挽蒲」海灘去旅行——想想看，五十年前，世界地圖上還沒有「挽盛」和「博他耶」這名字，光是一個「挽蒲」，已經夠誘惑了。大家聽後，真的是埋頭苦讀，做夢都在等待旅行那一天的到來。

到了出發那天，租了一輛大巴士車，規定開車的時間是上午九點，而事實上，早在五點多鐘，已經有同學（包括我在內），陸續到了操場，等待出發。

丁老師為我們準備了麵包，和一大鍋「雙卡耶」，和好多瓶白開水……大家精神抖擻，興高采烈，彷彿眼前就要展開一場二萬五千里的長征！

歌界可慨，神馳物外；天雷行空，善哉善哉！

我們每天上五個小時的中文課，再上一小時的泰文課，給我們上課的是一位年紀輕輕的女老師。她是全校女老師中唯一濃裝豔抹，並塗口紅的人。在今天儘管你愛把口紅在臉上任何一處塗個大花臉都不會有人理睬你，但是在五十年前把兩片嘴唇塗得鮮豔來為我們上課，就難免教我們一班大小，要奔走相告，大驚小怪了。

偏是那老師，豔若桃李，冷若冰霜，教起書來殺氣騰騰，只要你的「歌界」、「可慨」，背得不夠順暢，她便馬上臉色一變，嘴唇由紅轉青，杏眼圓睜，嬌叱一聲，教你惶惶然有大禍臨頭之感。何況那時的泰文課，總是排在下午最後一課，人忙碌了一天，到了那個時候，精疲力竭，歸家心切，哪裡還有心思顧得了是「歌界」抑是「可慨」？加上那母夜叉的時不時來個「天雷行空」，又哪裡還能念得出好功課來？

但是，我們班裡也有二位同學，泰文程度特別高的，就是陳如竹和鄭賓士。他們二位的年紀都比我大好幾歲，泰文程度卻早已是初中以上的了，因此他們在我們班裡不久，便被老師安排跳級去了。泰文優則跳，自然，他們跳上了太高的中文課時要吃盡苦頭，那也是無可奈何的了。

嫦娥奔月緣何淺，獨孤之道道不孤

讀書而能夠跳級，那種無上的榮譽感，當然是夢寐以求的事。我們班裡，「跳」去了一位陳如竹，和一位鄭賓士，餘下來的成績稍微夠得上可以問鼎跳級的，就有一位女同學和我兩人。只是每次考試，她的分數總是比我高出一點點，使我的名次總是落在她背後，這便使我對她產生了強烈的競爭感，後來竟至於變成了對她愛慕起來了。這是我那小小的人生的第一次產生「愛」的感覺，那時培英學校規定考試滿九十分者可以跳級，我那位女同學竟然考了九十點零幾分，就這樣如嫦娥奔月般跳了上去。我這邊廂呢，實在也太不爭氣，不多不少，考了個八十九點五。我拿了成績單衝到謝和校長室，求他給我跳級，謝校長正襟危坐，似老僧入定，雙眼微閉，搖搖頭道：「不足九十分，休言跳級」，說得我羞愧交集，傷心痛哭了好幾天。

升到五年級的時候，雖則我已穩拿第一名，可是忽然之間，失去了競爭的對手，卻反而頗有不勝悃悵之感。這在後來讀金庸武俠小說中寫那個獨孤求敗的那番心境是頗有同感的。這是閒話，暫且按下不表。

我們開始讀陸衣言編的國語注音字母。大家對國語這玩意感到既新鮮，又嚮往。後來陳邦祥老師編了一本加了國音符號的課本，給我們作為國語讀本的補充教材，並介紹一種國音字母的草寫法。那草寫法是陳邦祥老師發明的抑或是他所提倡的，我已是弄不清楚了，但是至今事隔數十年，卻似乎再未見有人提倡過。我現在仍依稀記得它的寫法，所謂國音字母的草寫法，其實可以說就是國音字母的書法，這書法是適宜於橫寫的，它的寫法與英文字母的書法相似，自左而右，前面的字母後邊加條尾巴往上翹，後面的字母上邊則長一條鬍子跟前頭的字母串連在一起，粗看起來，頗像寫英文，可以快寫，可以一氣呵成，寫得好的話，是頗有美感的。

一池荷花，滿室生香；幾隻小雞，趣味盎然

我最欣賞陳鎮庭老先生的圖畫。他老人家走進課室來，從來不虛耗一分鐘的時間講閒話。但見他手指夾著粉筆，在黑板上不停的畫，不消幾分鐘，一池荷花，畫得滿室生香，幾隻小雞，也趣味盎然。他生得矮矮胖胖，為人十分和氣。當你對著他敏捷迅速的筆法目瞪口呆，看不清哪一部分該先落筆的時候，他便馬上在黑板上再畫一幅免費奉送。可惜我沒有繪畫的天才，雖然有這麼的好老師，卻沒有學會繪畫。

混沌初開，乾坤未定；哪管鴨腿，還是豬腳

黃桂芝老師那時是教我們上體育課；呂家琪老師教公民課；到了我升上五年級的時候，上算術課的是丁聰老師，他是用國語講課，開口講課時

有如一門自動機關炮，「卡、卡、卡、卡……」響個不停，什麼逆水行舟如何計算，雞腳、鴨腳再加幾個豬頭羊頭湊在一起又該如何求其算法？我那時候光是個加減乘除，再來個百分率已經弄得滿腦袋混沌初開，乾坤「未定」，哪裡還弄得清楚哪來的幾隻豬腳和幾條鴨腿？

仰望籃球架，猶似在雲端

在黃桂芝老師之前教體育課的，是一位李慶源和另外一位我已記不起他的名字的老師。這兩位老師教起體育課來簡直是要你上戰場去衝鋒陷陣一番，一個鐘頭的課程，要你奔、跑、跳、躍，沒有半分鐘的稍息。我那時候的身材，既瘦且小，雙手捧著偌大的一個籃球，依稀覺得那球兒的重量竟比我的體重還重些，仰望籃球架，猶似在雲端。老師一看，悶在心頭，脹紅著臉，彎腰斜身，右手倏地伸出，五指一抓，使出一招抱虎歸山，斜地裡往左胳臂彎，朝上一送，「颼」的一聲，球兒應聲落網。這一姿勢，彷若天神下降，美妙到了極點，只教你連拍手稱讚都來不及，只呆在那裡。

復校封校，只一年餘；分成小組，共五六人

後來，為我們上音樂課的是陳蓄老師。陳老師一口京片子，咬音清脆，聲調鏗鏘而微帶磁性，珠圓玉潤。唱起歌來，餘音嬝嬝，繞梁何止三日？而且最重要的是她把教材翻新，選幾首富有民族色彩的歌曲，讓大家耳目一新。一堂音樂課，變得多彩多姿，充滿生氣。

不久，陳蓄老師又擔任了我們的班主任，使大家的學習情緒更加高漲，一直到培英學校被封為止。最終培英學校，從復校到再度被封，只有二十個月而已。

為了不讓這群學生們流離失所，學業荒廢，陳老師遂毅然決定，就在她住宅的樓上，繼續分組教學，每組五六人，分先後到了老師門口，便先來個觀前察後，左顧右盼，看看周圍沒有可疑的人物跟蹤，方才像小偷般一個箭步，閃身而進。

說起來也是一場民族的悲哀。一位負起神聖教育的老師，在那時如果

不幸被逮的話，輕則罰款告誡了事，嚴重的則隨時會被套上一頂紅帽子罪名，抓進牢裡，等待哪一年，哪一月，有一艘免費的輪船經過便押上船，判個驅逐出境。因此，在那一個時代的教師，置自身安危於不顧，忘我的教育精神，是值得我們深深的向他們致敬的。

我們的小組不用課本，改用小說作教材。陳老師給我們選讀的是一部《蝦球傳》。《蝦球傳》是那個時代一部非常轟動的寫實小說。書中主人翁的名字叫「蝦球」，還有一個無惡不作的鱷魚頭，時間是日本投降後初期，詳細的情節已記不起來了。全書用廣州方言寫出，背景是國共兩軍廝殺正烈，國民政府的那批貪官污吏，眼看形勢岌岌可危，一種末代皇朝，山雨欲來風滿樓的先兆，和地方土豪劣紳，流氓惡霸，走私販毒，迫良為娼，無法無天。官府的那種光明欲曙天，群鬼爭繈急的情景，使人讀後對國民政府的那種低能、貪餧、腐敗和醜惡，產生極大的反感，對著整個國家失望和絕望。一個經歷了八年浴血苦戰，犧牲了無數同胞性命贏得的這場史無前例，轟轟烈烈的戰爭，把強權侵略者打得跪地求降，卻不料國民政府官員回過頭來劫掠人民，也是合該中國在行正衰運，該走的政權不走，該強的政權又不強，剛巧碰上那專靠排華起家的黑白無常「魂」遊至此，看準時機，即時搖動招魂幡，華教便壽終正寢，這是令人洩氣的話，不提也罷。

神聖教學，形同小偷；環境如斯，不如歸去

且說陳蓄老師在這樣的環境之下，本身既要冒著坐牢的危險來教幾個乳臭未乾的小子，而況且她的丈夫張先生又在患病中，最後終於決定不如歸去，回到澳門。臨行時，我們同學們的那場灑淚餞別的情景，事隔數十年，現在想起，還令人酸心。

——一九九二年五月

醫牙與牙醫

小時候聽過一個這樣的故事：說抬轎的人肚子餓，求坐轎的人讓他停下來吃過飯再趕路。坐轎的小姑娘不肯，說她生平從未餓過肚子，餓肚子的滋味如何，為什麼竟至於要停轎吃飯？抬轎的人告訴她：肚子餓就跟牙痛一模一樣，那小姑娘聽後忙說：「那便停下來吃過飯再趕路吧。」

——這是小時候，第一次聽到的牙疼故事。

約莫七、八歲年紀，我的牙齒開始有毛病，那時候的牙醫隨處都有，而牙醫師不是在醫務所，且是在街頭巷尾敲鑼打鼓變把戲。

記得把戲擺得最多的是在天外天新打路。日本軍開進暹羅之後，矮軍官天天夜晚在七層樓上飲酒作樂，欣賞乃蘭的髒肉豔舞，同盟國飛機第一顆丟在七層樓的炸彈偏了半度，把耀華力路「天草堂藥材店」燒成平地，也炸出了現在的這條新打路來。

入晚時候，萬家燈火，好多肩挑窮販便在這瓦爍的空地上做起買賣來。凡丹膏丸散、變把戲的，每晚都有好幾班：鳳陽祖傳、剖人種瓜等……反正每晚我都是這些丹膏丸散的免費觀眾。印象比較深刻的是一個叫「烏烏大王」的，一張被鴉片煙膏燻得焦黑的闊嘴唇，一開尊口，上下古今、三皇五帝、九州六府七十二縣，他是縣縣住三年，從三英戰呂布一直講到麥克阿瑟做了日本太上皇……講得頭頭是道，煞有介事。而信不信由你，他一講就是好幾個鐘頭，聽得大家都鼓掌不已，還有一個叫王廷英的老者，他一套雙刀，赤著上身，舞動雙刀，但見一團閃閃銀光，呼呼聲響，再加上震耳欲聾的鑼聲，氣勢更盛，自然又博得觀眾的熱烈掌聲。停鑼息鼓之後，便是免費拔牙。

王廷英拔牙的手法，是拿出他的家傳藥散朝牙齦猛擦，擦完藥後，他便敲起銅鑼，這時圍觀的人愈圍愈多，氣氛愈來愈緊張。大家都屏息靜氣、聚精會神，大氣不敢喘一聲。這時但見王廷英，作一手勢，鑼聲戛然而止，他一手牽著牙痛人走向場中央，神閒氣定，再擺下一個坐馬姿勢，調勻呼吸，氣沉丹田，運勁在大拇指和食指上，叫你張開大口，他便兩指夾在齒上，吩咐你一聲咳嗽——這一聲咳嗽，還要配合王廷英聲震寰宇的一聲獅子吼，那牙齒便應聲而出。緊接著他再命你趕緊在地上翻三個觔斗，少一個都不行。我孩童時的第一顆爛牙齒便是在這三個觔斗之下拔出的。

王廷英空手入小口，拔下了那血淋淋的牙齒，夾在手指，在場裡沿著驚嘆的觀眾面前繞了一圈，讓每個人都看清楚那牙齒之後，便大力擂動銅鑼，賣起祖傳丸散，這是閒話，暫且按下不表。

說也奇怪，經王廷英的那三觔斗神功之後，四十餘年來，我竟然未再翻觔斗，也未再看過牙醫。不是王廷英的功力神奇，也不是我的牙齒特別堅固，而是我這個人天生最怕看醫生，牙醫自然也在怕看之列。因此偶然的些微小恙，咬緊牙關，強忍一忍，那病痛彷彿也就過了——這樣子來與自己的血肉之軀過不去，固然不足為訓，可是我怕看醫生、怕打針、怕吃藥、怕排隊等候……總之，我怕看醫生的理由一大籮筐，卻也是無可奈何的事。

到了最近，那隱隱作痛，甚至於偶然劇痛的牙齒，已經到了忍無可忍，非看牙醫不可了，我便至距離我家不遠的一家牙科診所，醫師是個年輕人，約莫三十來歲，是我看到的性情最好的一個年輕人。

診所裡一套名貴的音響，終日播著音樂，我十分欣賞那套音響，卻不敢領教那惱人的爵士樂。醫生看我的牙齒，問我那是什麼時候拔的？我說那已經是四十餘年前了，醫生聽後，望望我，滿臉疑惑，我說：「怎麼？有問題嗎？」他搖搖頭，並不作聲，卻把那根小照鏡對著牙齒，這邊敲敲，那邊打打，邊跟著音樂節奏哼歌。邊說了幾句我沒聽懂的話。然後便把診療架後腳微微仰起，讓我的頭部慢慢往下沉，變成了二十二度半。腳上頭下之勢，那根照鏡在我的口腔內愈是用力往上頂，我的嘴巴便愈張得大。眼睛沒處擺，只得瞪著上面發亮的電燈泡，呼吸由起初的急促緩緩地變成氣若游絲，耳際但聽到刀、槍、劍、戟，金屬工具碰撞的聲音，但覺魂飛魄散，膽戰心驚；我想，人一到了兩腿伸直，躺在牙醫的病床上張大口腔，一動都不能動的時候，人類的尊嚴是蕩然無存了！

不料那牙醫卻並不肯就此罷休，取來一把注射針筒，朝我牙齦揮了進去，那把針筒，少說也有小半瓶可口可樂那麼粗，我斜眼看著那牙醫直注得手腕發顫，我擔心他那麼用盡氣力，敢情那針筒莫要穿牙而出，嚇得內心不停念金剛經、救苦救難。

這時我又猛然想起王廷英，我寧願用三個觔斗去治療，勝於躺在這裡瞪著眼望電燈泡。

——一九九〇年二月

剃刀邊緣

小時候，我最怕理髮。父親每次上理髮店，總要順便牽著我同去。五十多年前的理髮店，不要說沒有現在的冷氣設備，連電風扇都沒有，理髮店在天花板上吊一塊大約一公尺見方的厚帆布，穿一節竹竿，牽條長繩，叫店裡的小夥計站在一邊，一拉一放扇扇風，好讓顧客在這人工風之下舒服地理髮。

與其說我怕理髮，毋寧說我怕理髮師傅——那時我們叫他「剃頭師傅」。每次當父親一腳踩進理髮店的時候，我總是閃閃縮縮地躲在父親背後，熟悉的剃頭師傅馬上簇擁著父親往理髮椅上坐下，噓寒問暖，一路寒暄下去，這邊廂一隻怪手突如其來地把我的小臂連托帶扭地挽上椅子上去。

在椅子的兩邊把手架一片木板，我就被按坐在那木板上，一雙小腳平平地擺在皮板凳上。剃頭師傅咧著嘴，拿一個嬰兒擦屁股的粉撲，不管青紅皂白先朝你頭上臉上一古腦兒亂撲，撲得你迷住眼睛，鼻孔裡滿是爽身粉，周身雞皮疙瘩，教你想打噴嚏又打不出來，鼻涕滴滴，淚水汪汪。

剃頭師傅滿足了第一個虐待狂之後，轉過身去一手拿把掉了幾個齒子的梳子，另一手抓著一把髮剪，青面獠牙地鑾剪，最可怕的是當他剪刀剪到你腦後的時候，剃頭師傅為了他自己手臂舒服，一手把你的腦袋硬生生地往下按——這脖子上的腦袋本來只可以作四十五度的傾斜，卻被他按得成了九十度，教你的一對眼睛只能望著胸前的那塊大黑布。

那時候，電動的剪刀尚未發明出來，剃頭師傅鈍刀出利手，咬緊牙齦，力透五指，一抽一縮，嘴角一歪一扭，腦袋的頭髮便同時有一拉一拔的疼感。

剃頭師傅在為大人理髮的時候，總是神閒氣定，慢條斯理，卻是對著小孩子使出快刀斬亂麻招數。

好容易捱過了一拉一拔的一關，剃頭師傅拿出一把長毛掃把，朝你臉上，脖子上，用力猛掃，掃得鼻孔兒癢癢地又想打噴嚏……然後解開本來是白色卻已變成灰黑色的大布巾，讓你有幾秒鐘，如獲解放的快感，可是很快地又被圍上另外一條也滿是異味的小毛巾，繞著脖子，勒得緊緊地。

接著，又是嬰兒擦屁股的粉撲沒頭沒腦地撲去，這回更可惡的是還加一支小毛刷，沾著溼肥皂泡沫塗在兩鬢和額角，黏黏膩膩，教你汗毛直豎。這時剃頭師傅從抽屜裡抽出一把寒光閃閃的剃刀，颯颯颯地刮著臉上的肥皂和爽身粉，刮得你屏息呼吸，大氣不敢喘一聲——後來讀史：法王路易十四寧得罪天下人，卻不敢得罪剃頭師傅。

我想，那份恐懼感一定也是在孩提時候被剃頭師傅的淫威給唬出來的。到了可以不必在父親身邊上理髮店的時候，我唯一逃避剃頭師傅的辦法是使出拖字訣，往往是到了黑髮三千丈，拖無可拖的時候，才「忍痛」上理髮店。

不久，一紙保留職業的禁令，使所有的理髮店在一夜之間關門大吉，幾乎所有的剃頭師傅都是從遙遠的家鄉練就一身功夫，挾技南來的，理髮即時進入地下，剃頭師傅帶著「賺食傢伙」，按時到「主顧」家裡去。

所有師傅都轉入了地下。

左顧右盼，看看前後沒有公差走過，便一個箭步，閃身而進躲在屋子後面一角，快手快腳地猛刮，叫「劏私豬」。剃頭師傅計算上門，劏私豬的日期比掛在壁上的日曆牌還要準確。大月三十一日，小月三十日，一定準時而到，分毫不爽，教你想逃都逃不了。

沒有多久，本地訓練出來的年青小伙子理髮師，配合著冷氣理髮室，伸展舒適，一番新的氣派，昔日偈處一隅劏私豬的日子一去不復回。近二十年來大型而豪華的美容室，嬌滴滴的剃頭師奶取代了滿身汗臭的剃頭師傅。

理髮座獨闢幽室，各人互不干擾，軟玉溫香，理髮之餘，既可促膝談心，消遣未盡餘興抑亦鬆筋舒骨，悉聽阿爺之便，而窗明几淨，滿室生香，紅顏理白髮，自是另一番心境。

——一九九二年九月

三十載菸癮話戒菸

大文豪馬克吐溫說過：「戒菸不難，我已戒過一百次了。」——這當然是笑話，而馬老一生與菸為伍，至死仍一菸在口則是事實。

香菸於我來說，並不陌生，大約五、六歲的時候，我便懂得香菸了。那時我的父親抽香菸，又因病遵醫囑而抽鴉片煙，最妙的還是我們的家又剛好與鴉片煙館相隔鄰，父親大部分時間都躺在鴉片煙館的煙鋪上，我有好多的時間都陪著他，看他側臥著，手持竹煙筒架在小油燈上，一手拿著煙挑，挑出一小顆鴉片煙膏，不停地在那如豆的小油燈上燻烤著，烤得小煙膏吱吱作響，待那鴉片煙膏被烤得熟透了，在竹葉上凝成一顆圓圓的煙泡，這時它慢慢地散發出一陣濃烈而芬芳的誘人的香氣。我那時年紀雖小，卻對著那裊裊的香氣感到十分的陶醉。

爸爸泡煙的手法，慢條斯理，從容不迫，凝重而熟練。反觀別個煙客的笨手笨腳，小小的心靈，便湧起了無限的優越感來。待父親一口氣從長長的煙筒裡抽進去，再悠悠然地讓那濃濃的煙霧，先疾後徐再緩緩擴散，餘煙裊裊，冉冉上升，繼之，則是滿室生香。那竹煙筒，約有二寸左右直徑，長可二尺許，吸嘴的一端鑲有象牙罩，中央一個小圓洞，潤滑晶瑩，教人一看就喜歡。

父親抽完鴉片之後，總要小眠片刻。煙館的親丁便會來把煙筒收去，取出煙筒眼，把沾在周圍的煙硝刮出，廉價賣給抽不起鴉片煙膏的癮君子。那煙硝就叫做「煙屎」。用煙屎沖熱開水，然後蹲在牆邊，像品茗茶一樣地慢慢和飲，同樣也過了一癮，這一類人，便叫「煙屎客」。

曾經有一次，趁父親不覺，我便搶過竹煙筒，架在油燈上，伸長脖子，對準煙筒的象牙罩子，猛力一抽——嘩！但覺喉嚨頭有如萬馬奔騰，腦袋似波濤澎湃，肺腑一翻一滾，耳際像雷鳴電閃，眼前一片模糊，淚水滿面，兩手發抖，雙腿挺直，迷糊間但聽父親一陣緊張的責罵聲。這事後來傳到母親耳裡，自然又是挨了一頓訓。

父親除抽鴉片之外，終日手不離香菸，那時的香菸，有飛魚牌，有炮臺、金獅，有飛機，有戰鑼等等，每一小包香菸（十支裝）還夾有一張明星圖片，不用多久，我就可以從丟棄的香菸包中湊到一大盒的明星圖片。到了二次世界大戰時期，洋菸中斷，本土製香菸代之而起，到處有「紅塵菸絲食贏飛機」的叫賣聲。「紅塵」便是後來的極通，而香菸包的明星圖片則成為絕響了。可是我對於父親的一菸在手天下小的形象，則是有無限的緬懷的。

大約是二十歲那年吧，我便開始抽菸了。我抽起香菸來，自然是家學淵源，不必經過學習和訓練的，於是，「嘴邊一支菸，逍遙賽神仙」。

抽菸這玩意兒的奧妙，是它可以教你在不知不覺間天天有所進步。初期的一包香菸分兩三天抽完，慢慢地一天抽它三包仍覺有餘勢未盡之感。不過，我抽菸有幾點美德，值得一提：其一，不在臥室內抽菸；其二，不在冷氣汽車裡抽菸；其三，不強他人抽菸；其四，不被他人所強而抽菸。我認為，抽菸和飲酒一樣，是自己的事，各人有各人自己喜愛和欣賞的牌子，愛抽菸的人身上隨時都帶著香菸，菸不離口，火不離手，那才是標準的一等菸客。惟有這樣，大家抽起菸來，才能對著那繚繞的煙氳，發出會心的微笑，也方能沉醉和享受到那股騰雲駕霧，飄飄欲仙的神采。

抽香菸不能缺少打火機和菸灰缸，有菸無火，和有火無菸，兩者固然都不夠資格以言抽菸。而抽菸時，不備菸灰缸，讓菸灰飛舞，菸蒂遍地，也實在是大煞風景且有失「菸格」。

我有上廁所一邊讀報一邊抽菸的習慣，也是合該有事。三年前的一個早晨，正在照常上廁課之時，無意間讀到報屁股的一小則新聞，說現在先進國家的香菸市場已經在開始萎縮，相反的是落後國家的香菸銷量卻正在急速上升……

這則寥寥數字的新聞竟然如五雷轟頂地一擊，我夾著一支未完的香菸的指頭一直在發抖，沒有想到抽了三十幾年的香菸，把鈔票作無限制的奉獻，把健康作視死如歸的糟蹋之後，到了今天，竟然要揹著那個落後民族的十字架走向墳墓，我馬上下意識地感到這是民族尊嚴的蒙羞，心裡一時思潮起伏，不能自已。

我把夾指間那節尚在燃燒的菸蒂，丟進馬桶，輕輕一按，讓奔騰澎湃急流，把它沖向地下深處，永遠埋葬了它。

三年來，我口不沾菸，可是在睡鄉中卻作了幾次抽菸的美夢，像久別重逢的情人一般，緊緊地摟看她，深長地一吸，無限陶醉！

我不後悔抽了三十餘年的菸，但也不惋惜戒了三年的菸。香菸這東西，每個人抽上第一支的時候，相信都會抱著視死如歸的精神的。無可否認的是香菸的確給予人生無比的享受。但是當應該戒的時候便戒了吧。很多說戒菸難，那只是不想戒菸罷了，沒有飯吃才難過，沒有菸抽一點都不難過。現在是到了該打另一場新的鴉片戰爭的時候了。願吸菸的新老同志，都能放下菸支，拿起槍枝，成為新的鴉片戰爭的鬥士！

——一九九〇年二月

拔

近來，我的一條胳臂一直在發麻，關心我的朋友都勸我盡早看醫生，但是我這個人，半生苦命，數十年來，不要說大病，即連小病都沒有過，說起要看醫生的話，真的是醫海茫茫，到底要到哪裡去看？

終於接受朋友的推薦，去看一位醫生。那醫生對著我的X光端詳了好一會之後告訴我：「你脖子的軟骨頭沒有了，只剩下一副硬骨頭！硬骨頭碰硬骨頭，碰碰擦擦，當然不會有好日子過囉。」

——剩下一副硬骨頭，那便如何是好？我乞憐地望著醫生，「要拔！」——「拔？」「對，要拔！」醫生斬釘截鐵地說。

拔！我忽然依稀記起好多年前彷彿看過一部什麼騙術奇譚之類的電

影：一個老頭子跑去找紅綠醫生，說他身上的武器太短，不夠威力，求醫生幫他動手術，把那傢伙加長。醫生便施出「拔陽功」為他「拔」，「拔」了好一陣子之後，醫生拿出一只可口可樂汽水瓶給他看，說這樣子差不多了吧？貪心的老頭兒搖搖頭道：醫生，再多一點點吧。那醫生便用勁再拔，鏡頭上但見醫生的一副盡力而為的表情，老頭兒額頭冒汗，滿臉強忍之態，忽然，「砰」的一聲，斷了——鏡頭到此為止。

我剛剛想到這裡，醫生一聲令下，「拔！」手下嘍囉馬上七手八腳，把我按倒在病床上擺平，從腦袋上端拉出一條繩子和一個套子，往下巴叩住，開動馬達，那機器即時發出一連串沉重的軋軋之聲音，頂住下巴的套子愈拉愈緊地慢慢往上「拔」。我這時大氣也不敢喘一下，睜著眼睛，望天花板，時間一秒一秒地過去，我緊張地側耳傾聽。我正在擔心著這下子會不會像那老頭的汽水瓶「砰」的一聲在脖子上響起……

——一九九三年七月

弄斧集序

許靜華要出版另一本集子，書名叫做「弄斧集」——這本《弄斧集》是她的第幾本集子？我記都記不清，反正作家時常有新集子出版，總是好事，正如商店老闆的貨如輪轉，多多益善！

我極愛讀許靜華的文章，作者以日常生活周圍的瑣事為題材，著墨不多，卻寫得非常「迷你」，以愛的人生觀為基礎，透過教育的層次，輕鬆中帶著感情。我最欣賞書中那開口「洛得篤」的醋娘子，她的醋勁，是陳年老醋，既尖酸，又刻薄，豈止無理取鬧，簡直潑婦罵街！

大凡古今中外，醋勁發得凶，發得狠的女人，便相對地愈發的顯得大男人的尊嚴和威風，我真羨煞那醋娘子的唐姓先生。

醋勁強的女人，不但要深得醋的三昧，而且細胞裡尚須生成幾分的天才，庶幾能掌握住稍縱即逝的時機，該發則發，該收則收。發則風雷皆動，山河為之變色；收則四海昇平，六脈於茲調和——是所謂收發自如也。

觀乎醋娘子的一陣河東獅吼，「洛得篤」之輩固然從此銷聲匿跡於無形，不復再來領罵，即使那些非是「洛得篤」的「你是我丈夫的什麼人？」的那些人，則一個個都早已「驚破膽」，視那電話號碼為「凶碼」。如今，電話鈴聲靜則靜矣，醋娘子的先生從此與這世界的距離又拉遠了不知幾許？

——普天下的醋娘子們倘若願多讀幾篇這一類的文章，接受一點教育和啟發，肯定這個世界於你於我都會更加美好和值得讚戀。

走巴日記

×月×日

昨天剛從清邁回到曼谷，今天又奉命從曼谷跑到戈叻來。好在現在乘坐汽車，只消幾個鐘頭就到，我把行李安頓在旅店中，就搭上了三輪車，匆匆朝城內而去。

這次戈叻的生意顯得異樣靜寂，店鋪中的夥計，不是懶洋洋地坐著打盹，便是圍著看象棋，我團團轉地跑了一圈，算是對工作有了交代，生意卻是做了數量極少的幾單而已。因為生意冷淡，倒教我一時間感到非常無聊起來。昨晚看了一場夜場電影，今晨又顛簸汽車，這時一想起來，周身就立刻感到不由自主，軟綿綿地直想睡。

回到旅店，把貨單信件一併寄發之後，卻遇到老明，他是昨天到來的。——他鄉遇故知，我和他已經半年多不碰頭，這次卻是不約而同的到戈叻來。他一把拉住我的手，我也感到有說不出的喜悅，問起他明天的行程，不料竟有幾天兩人是相同的，我們同到城內找到乍衍兄，他正為他太太生產的事累得滿頭大汗，氣喘吁吁。我不禁暗自好笑，孩子還未生下來，做爸的就忙成這個樣子，那還了得？

茶壺的水一滾，乍衍兄的妙論也跟著滔滔而出，他抓著我的肩膀說：「老弟，我要奉告諸位未婚青年，甜美的夢境永遠只是夢境，文章是自己的好，老婆還是別人的妙。」——我的一口熱茶險些給噴了出來，不料老明卻拍著大腿，翹起大拇指道：「這才真是英雄所見略同呢！」

今晚就在乍衍兄家裡用一頓豐盛的晚餐，老明拉著我去看謝神戲，我一氣問他：「每點鐘要貼我多少錢？」他嘻皮笑臉道：「你又不是舞女小姐，憑什麼論鐘計值？」給他一陣搶白，只好跟他跑，原來這廝是聞名於那個演戲生角，特意去賞識她的「廬山真面目」，這一來可就苦了我了。

×月×日

早晨，搭上了新車龍的班車，因為昨晚吹了一陣北風，倒頗有點涼意，我關上了玻璃窗，拿出橡皮枕墊，吹了氣，就靠窗躺下來讀《黑白》。也不知在什麼時候，老明竟和隔座一位女郎搭上了，吱吱喳喳地，一時低聲，一時微笑。老明的兩片嘴唇可以榨出三斤蜜糖來，自然把她緊緊地黏住。過了一會，她叫老明把我身旁放著的一本《西點》遞過給她。

這本書一遞過去，把老明即時給打進冷宮，因為她專心讀著書，老明的一張嘴巴無所施其技，他索性搶開我的書說：「老弟，人說心慌吃不得熱粥，乘車看不得三國，你卻偏偏帶了這麼多興衰書本，難道要想在車廂上考秀才不成？」我正待回駁，他卻拉著我的耳朵低聲道：「那本《西點》的最末一頁究竟是什麼，我估計時間，她最少也該讀了三遍以上了，只是老是不翻過頁。」

我說：「是服務版嘛，你管她讀它十遍八遍！」

「這就是了，是不是愛情問答？」我點點頭，老明拍了一下腿，就對她說：「對不起，我想向我朋友問一個字。」拿過了書，忙翻到末頁，那標題是：「如何選擇一位如意郎君？」老明抽出紅色筆在標題旁邊劃了好些小圓圈，又用鉛筆在書角用速寫筆法畫了一個壯碩的男子像，便又遞給她。過了一會兒，她忽然將書丟了過來，打開一看，在那標題之下，赫然寫道：「讀讀而已，幸勿誤會」八字。老明素愛舞文弄墨，這時已經詩興勃發，就在那書旁寫道：「堪憐空有司馬心，奈何卿無文君意。」過了一會，那本書又丟了過來，這一下，不但老明給嚇了一跳，連我也不免吃驚不小！只見那書中寫道：「滿身竊玉偷香膽，一片撩雲撥雨心。」

這時我不禁抬頭仔細多看了她幾眼，才發覺她淡妝素抹，楚楚動人，倒是生的十分標緻。以這麼一個小家碧玉的淑女，居然敢跟一個素昧平生，在車龍上號稱「風月總監」的老明展開筆戰，而且下筆這般凌厲，一下子就點中了他的啞穴！

老明愣在一邊，不斷騷首摸腮，好容易才勉強湊成了一首歪對：「今生姻緣前生定，千里相逢此車中。」

——現在丟過來的只有六個大字：「討厭！討厭！討厭！」老明看後一臉尷尬神色，問我如何是好，我這時驟然心血來潮，文思敏捷起來，毫不遲疑地揮毫寫道：「遺憾！遺憾！遺憾！」

真是不打不相識，原來我們每次到這個山巴來，都打從這位美麗女郎的門口經過呢！

＊＊＊

今晚班車誤時，抵達莫肯時已經將近七點了，我們在×旅店開了一間雙床房間歇下。剛把行李放下，老明就劈里啪啦的念起詩來，我氣罵道：「他媽的，別老是孔夫子放屁，文氣沖天了！」不料他笑彎了肚皮指著牆壁，我一看，原來不知哪一位風流先生在牆上題下了這樣一首歪詩：

閬中紅顏笑迷迷，
巫山雲雨只霎時，
揚州春臨梅花香，
悔不當初子滿枝！

——真挾眼淚之餘威，窮梅毒之悽慘。

***

我們分頭到各家客號去「報到」，完畢回到旅店已是將近十時了，老明乘著剛才晚餐的幾分酒意，堅要我陪他去獵豔，我問他還記得牆壁上的歪詩嗎？他一笑置之，我拗他不過，只好跟著他去，那個三輪車夫，早已守著他這個老主顧，一上車便興匆匆地朝豔窟直駛。

對著拂面的晚風，我低低咀嚼著那首風流詩，老明隨口唱出一首水調歌頭來，不過他把內容改了。他唱道：「明月幾時有，坐車問嬋娟，不知豔窟仙女，一夕何價錢？我欲尋芳獵豔，又恐盤尼西林，針尖疼難眠！……」

老明雖然有稱風月總監，性喜尋芳獵豔，可是他的審美眼光卻是極為嚴格，評頭品足，量胸度唇，無微不至。他有一套審美理論，說道女人應從腳尖向上欣賞起，那雙「三寸金蓮」一走了樣，其他都完了。

今晚他是一味吹毛求疵，胖的指曲線不露，瘦的嫌性感不足，東不成，西不就，我因為倦極，一氣問他：「老明你是不是要挑選一個回家供養，奉為母親？」

「唉呀！你有所不知，這叫做寧撞金鐘一下，不擂破鼓千聲呀！」

說話間，他忽地跳將起來，我也覺得眼前一亮，來者果有幾分姿色，老明牽了她的手問我道：「老弟，你真的要坐冷板凳嗎？」說著雙雙鑽進房去了……

×月×日

兩人本來打算搭早班車去廊開的，不料一睡就睡到九點，老明的床頭放著鬧鐘，我的手腕則有鬧錶，錶鐘齊鳴，足可以驚走一隻大牛牯，卻是鬧我們不起哩。結果只是相視而笑。老明因為昨晚凝神聚氣，耗盡丹田之力，四肢發麻，百脈俱弛，這時還是昏昏欲睡，給我一把拉起，滿肚怨氣。這時邊境關卡檢查過路乘客，不知哪個倒楣職官把老明的身分證看錯了，這就給老明乘機搶白了一番，還索性把那身分證上的條文高聲朗誦了起來。我們這走巴的人，隨處都到，四海為家，那有身分證不妥之理？一經辯駁起來，自然頭頭是道，處處是理，這股怨氣一發洩出去，老明又興高采烈地談起女人經來了。

我在廊開的工作並不多，一下子就理清楚了，拉著老明走進咖啡店，一眼忽瞥見沙國兄，他鄉遇故知，大家興奮得不得了。他說他現在是在永珍做政府工作，月薪折合泰幣四千多銖，他堅邀我們和他一同去永珍遊玩，提起遊玩，三人還不是出於同一師門來的？

我們下榻在頌汶旅店，這是永珍唯一的旅館，房租三百三十元，這旅館若說是野雞寮倒是過得去，說是永珍的唯一旅館那可就不敢恭維了。

跑出市街，那些三步一樓，五步一閣的蘋果攤緊緊地把我吸引住。葡萄、梨，都是在曼谷被視為珍品的。我一口氣買了五百元，已是一大堆，沙國兄警告我別吃壞了肚子，我笑道：「出了國不吃個飽，有何面目回見江東父老？」

老明接口道：「難道一定要張開嘴巴吃的才算數？」

——這個色中餓鬼真是歪嘴吹喇叭，一團邪氣，一開尊口，總不離女人。

我要沙國兄帶我去尋購些「奇貨」回去做紀念，不料他卻笑我大鄉里，他說難道你沒有聽人說過，寮國除了火炭與水，其他一切都靠外來，你究竟想買什麼？

我不覺也自失笑起來，事實上，永珍所有的貨色，我們在曼谷也早就有了。沙國兄又解釋道：「不過在價格方面，有些確比曼谷便宜些，那是因為外匯在作怪，沒有外匯，恐怕連拉屎都要成問題了。」

＊＊＊

沙國兄因為是辦機關公務的，對於商場，他並不十分熟悉，倒是酒吧舞廳，卻是很熟。只是巧得很，他的老搭檔今晚沒有來，其餘幾個越南女郎都只會講越南語與法語，沙國來此不久，這兩種語言一竅不通，英語在這裡簡直變成廢話。倒是我叫來的那位女郎懂得幾句廣州話，也僅僅是幾句而已，這樣我就用鹹水廣州話跟她搭上了。這一來，我的一張嘴巴，就負起了三重任務，做了一個業餘翻譯。

我的舞步本來就不十分純熟，再加上數年來未曾涉足舞場，跳起舞來，完全不對步，一支「探戈」未完，已經把她的腳踩了兩次，弄得她雪雪叫痛，嬌喘呼呼。

這一晚玩得夠痛快，回到旅店時已是萬籟俱寂了，兩人倒下床抱頭便睡。

×月×日

今天我獨個兒來到萬沛，因為沒有老明同行，我的工作做得格外迅速。因此我臨時改變主意，乘搭最後開行的一班汽車趕到橫逸去。這一來，我可以省了一天工夫，彌補了在永珍花費去的時間。

汽車準時於下午六時正開行，不料剛走了不上半個鐘頭，司機就把車停了下來，原來後面的彈簧折斷了，一時間沒有配件可換，跟車的技工移緊就寬把前面的調換到後輪來，總算勉強支持了下去，不料到了姆拉武，那副調換到後輪去的彈簧又折斷了。這樣一跛一拐的，這時正颳起猛烈的北風，姆拉武地方不大，店鋪早就關了，肚餓身凍，那輛車卻是無期徒刑似地修理著。按照正常的情形，六點在萬沛開車，最遲八點半也可到達橫逸，現在時間已過了午夜，汽車卻在這裡拋錨，街燈也已熄滅，要找客店也不可能了。又因為車裡擠滿了農村人，那些被擠逼而發出來的汗酸味，真是聞之欲嘔。

我正在昏昏欲睡之際，忽然被一個人拉醒，我跟著他到了一家人家，原來是汽車主之家，他正煮了飯菜，請我和他的司機們一道吃。車主是位華僑，他滿臉笑容地向我道歉，我說：「其實汽車是總免不了要誤些時刻的。」他說：「在佬人來說，固是常事，可是你們曼谷人趕公事的，那就非常不便。」接著他又告訴我說他的這輛車有一個諱忌，就是怕妓女乘搭，他說如果搭客中有了這種人，那就擔保要出岔子，說著他指著車裡一個正在抽菸的女郎道：「就是這個了。」數天前一輛橫逸車失事，死了四個人，這女郎就是內中的乘客之一，他繪聲繪影，煞有介事。我雖然覺得荒唐，可是一想起那鮮血淋漓，斷手折足的死的歪臉來，卻不覺毛骨悚然，寒意頓增了。

——一九六〇年三月

速率的喜劇

近幾年來，教育界人士確也為滿足後一代的求知欲，而絞盡了許多的腦汁。這學期實施的新教學政策便是其中一種。

這種措施是教初入學的學生不從拼音字母讀起，卻一口氣讀成句的詞語，據說是使學生不致白花時間於字母上面，一跳兩跳便可伸手拿文憑。

不料這政策剛施行了個把月，聽說有位民代先生竟然大發牢騷，發牢騷的理由據說是恐怕這方法引起欲速則不達的後果。

其實，目前這個世界，樣樣都講究速率，有了汽車坐，又想坐飛機，甚至在飛機屁股裝上些噴汽噴風之類的東西。再過半個世紀，要想看到光靠兩條腿跑路的，恐怕非到博物院去看標本不可？原子能的運用，把宇宙間的速率都昇華了，因此，一些含有原子能的化學元素的十三四歲的女孩子做起母親來，也就毫不足為奇的。

以前，每週授課時間將近三十個鐘頭，現在減存十小時，而學生依然一批批畢業，這就是去蕪存菁，昇華速率的妙用！

所以，在注進了原子能的今日教育，讀字母跟不讀字母豈非一樣而毫不足怪？

——一九五五年七月

跑碼頭花樣翻新

最早跑碼頭吃飯的人，據說是那些賣丹膏丸藥之類的江湖術士，揹著箱囊，敲起銅鑼，嘩哩嘩啦的就幹起來。

隨著社會制度的日趨複雜，跑碼頭的花樣愈來愈多，技術班、馬戲團、球隊等等，真教人目不暇給。近年來，電影明星跑碼頭的尤其受人歡迎，只要曾經在某一部影片裡頭露過一半個臉兒，就可以肩起「明星」的招牌，向「南洋兄」大動念頭，彷彿住在南洋的人，乃是生成的「大阿福」，油水一世煎不完。所以那些來自垃圾堆的金蒼蠅，才能彼此輪班大出其術，好在此時嗡嗡而來，嗡嗡而去的，還是「如假包換」的明星，故被「墩」的範圍還不算廣，要是一天不幸，變出一個貨真價實的樣兒來，那才「大阿福」皆無遺類呢！

日前，球場上舉行了一次奧林匹克之外的陰陽怪氣的球賽，這「只此一家，別無分店」的最新上市的「噱頭」，果然吸引了不少來開心而掏荷包的人。

——這就是跑碼頭伎倆的成功，難道是那些舞雙刀，賣膏藥的硬漢所始料得及的嗎？

——一九五五年八月

偉大的發明

有人說，世界上的民族，是中國人最富創造性。自古代至近世，數不清的勞動大眾，發揮了高度的科學才能，發明了無窮無盡的物品，震憾著整個世界：那控制著航行路線的指南針是中國的偉大發明，那些被西洋人製成殘酷殺人武器的火藥，也是中國人的不朽的貢獻。這些只不過是物質發明上的一兩個例子而已，中國人也最懂得利用時間，新年打麻雀四色碰牌，便是值得我們翹起大拇指大書特書的奧妙的創造了。

據說，那些長於此道的人，一年三百六十五天，數時念日的等候新年一到，巴不得從三十夜賭到初四早晨，廢寢忘餐，這種神乎其技的「長期抗戰」毅力，就是張飛、馬超，恐怕也要輸服。

可惜的是這種奧妙的「神技」，竟每每有被拘捕的危險，這就教人百思不得其解了。

中山先生曾經盛讚過華僑是革命之母，現在新年打牌的風尚在家鄉已經被連根「革」掉，而我們這個號稱革命之母的華僑社會，卻仍然熱烈地執行著這個法則，仍然有成群的「博士」被送進貓籠度年假。

——這是榮譽，還是諷刺？

——一九五六年二月

葡萄是酸的

一隻飢渴的狐狸，看見幾串熟得發黑的葡萄，從葡萄架上垂下來，牠用盡方法，總沒法吃得一口。在走開之前，牠安慰自己說：「那葡萄是酸的，沒有想像中好吃。」

日前，曼谷來了一個吃四方的末路女人，帶來了一部不知所云的影片，還帶來了一串草裙和一個肥碩的屁股。當作招魂幢幡地玩起來。不知是扭的熱度太高，還是曼谷人不懂得「藝術」，或是不曉得「愛國」，竟然沒有人肯賣帳捧場，迫得她垂頭喪氣。

同一時期，是樂園內放映了一部古代民間故事的片子，場內既沒有沙發椅，也沒有冷氣設備，只有露天的排凳，一切都配合著影片本身的樸素的內容，但是觀眾卻絡繹不絕地像要把這個臨時戲院的圍壁都擠開來似的。這現象據說嚇壞了一位大人物，於是他翻遍了所有的經典，可惜卻找不到一個足以加人於罪的適當名詞。最後，只得硬著頭皮，板起面孔強行套上一個不知所云的「有為×××賺錢之嫌云云。」

等因奉此，言外之意，似乎是說，這樣利市的貨色，如是本廠出品，那便皆大歡喜，肥水不流別人田，而葡萄也就不再是酸的了。

——一九五六年四月

望梅止渴

曹操用兵中途，軍士忽感口渴難耐，又苦無汲水之地，正危急間，曹操眉頭一皺，計上心來，便用鞭一指，說道：「前面乃梅園也，大家且努力向前，當可解渴。」軍士受此刺激，倒吞口水，果然精神為之一振，又走了十數里路程——這是曹操臨急的機智，也是曹操權變的絕計！

曼谷的華文中學，已經關閉了十餘年，數不清的莘莘學子正在苦惱、徬徨，去年，忽然一道綸音：華文中學復辦了。

許多飢渴的人像聽到前面有梅園的消息一樣興奮，爭相報名入學。然而，華文中學的招牌已經掛起了一年多，而他們所等到的，竟然不是他們日夕所渴望的梅園，那滴甘露還在飄渺的夢境中。看看另一學年又將開始，徬徨與苦惱的莘莘學子依然只能望梅止渴！

——一九五六年四月

神樹及其他

居住佛國的人，發財的機會確比其他地方多，除了不斷的從各個庵寺僧舍出現數不清的活佛，專用「九茭丸」和「萱溝水」代替注射針，給人治療一切病痛或花柳梅毒之外，心血來潮的時候，還賜給那些誠心的治子們一兩個老爺字，好讓他們去猜後中中彩票，發點橫財，總之有字便算，彩票中了，此字便真，不中者是財運未通。

為了政府彩票還要繼續大量發行下去，因此龜靈聖母的神仙佛也就大批出爐上市，以應萬民之需。只是物以稀為貴，貨多見賤，神仙佛之輩的真字，也仍然只在十個阿拉伯碼打圈子，顯然大大的減少了刺激性。因此，在一些多人一竅的仁兄仁姊們的努力搜掘下，終於發現了一株神樹——

這真比哥倫布發現了新大陸更加教人興奮。故此，寺以樹為榮，樹以神為貴，好多吃彩票飯的人都擠來求真字。那昔時受盡了小便尿臭的樹根樹皮上，據說都現出了無比靈驗的真字來。

由於粥少僧多，許多望樹梢而興嘆的人，便也頗怪起他們的祖先來。深怪他們當時竟至於愚笨到連這樣靈驗的神樹都不多種幾株，好讓後代子孫們發些直財或橫財，豈不皆大歡喜？

——一九五六年五月

罵人的藝術

據說人類自從會利用語言作為表達意思的工具之後，便曉得罵人了，小孩子學說話，也往往先從罵人這步基本動作做起，可見罵人簡直成了人類固有的本能，而至於成為「食罵性也」了。

罵人其實是一種藝術，對於罵得精的人應該稱作藝術家。

記得一位「罵人專家」曾在他的一本著作中，有過如下的記載：說歷史上罵人罵得最起勁而又產生極大效果的，要算諸葛武侯的罵死王朗。那一罵也，既潑辣，又尖酸，理直氣壯，痛快淋漓，真使被罵者非「大叫一聲，口吐鮮血而亡」不可！

——這真是一位偉大藝術家的曠世傑作，值得三呼萬歲！

在我們這一個時代裡，除了能聽到一些下流而粗俗的「丟那媽」之類的土產藝術家的「作品」之外，像上面那樣洋洋灑灑的就無法欣賞到，這確乎令人大大的感到惋惜。

日前，紅毛州府派來了一位「五星上將」級的紅毛記者，此君剛踏下飛機，便來個「下機威」，居然架起吊炮，連珠彈似地把個靜如止水的魚米之鄉，轟得激起了陣陣「水底的波浪」，攪得個個戰戰惶惶，深恐接著下去的就要輪到自己身上來，那便汲乾了湄南河之水也無法洗清，因為那紅毛州府的人是只管讀他的文章，你清白不清白管他娘。

所謂牛角不尖安敢來過嶺，這位藝術家的藝術造詣也就於此可見！但這也不過是顯顯他的一點威風而已，因為挨罵的人並沒有被罵得「大叫一聲，口吐鮮血而亡」，可見鼎鼎大名的紅毛仁兄也還遠不及我們貴國的諸葛武侯先生。

在求名求利的雙重觀念下，有許多人是在運用各種方法去達到罵人的手段的，等到挨罵的人按捺不住而向他回敬一下的時候，那他根本就宣告勝利。因為至少人家是瞧見他了，而他也就可以藉此而得到準名人的精神安慰了。

伊登氏的一炮竄紅，其法之妙便在乎此。

——一九五六年六月

官彩和私彩

又是私彩的話題兒了

這年頭好戲特別多，因為私彩潮的奔騰澎湃，排山倒海，攪得農村破產，商場不景，所以大家對於如何消滅私彩的問題，也就頗勤動腦筋，也都很賣力，一切祕傳的靈驗的神方和「褲頭方」都搬出來應用了。

記得當私彩初盛的時候，便有人落力進行搜捕那些想發財的人，務求一網打盡，完全硬派作風。只可惜賭私彩的人並非景陽岡上的猛虎，他們並沒有在腦袋上刻上「吊睛白額虎」的字樣，因此空有勇武松和諸「虎將」，也只好感嘆英雄無用武之「對象」。

眼看生擒已無辦法，於是便有人把定主意，勸告官家親自來做一做私彩的莊主，那時名正言順，「顧客」既無須鬼鬼祟祟像老鼠偷東西般搞黑市交易，而且官家有的是大把銀紙，敢食敢賠，信用自然比那些見賠便倒帳的「興衰」座主，更加金字招牌。況且在此「官彩」銷路正日走下坡的當兒，乘機改行也未嘗不可。但是回頭一想，不對，那不等於把私彩「官」化了嗎？——只許州官放火，不准百姓點燈，還成個什麼話兒？

因此，近日便有人忽然想到了索性把官彩也一概取消，讓大家來個同歸於盡。

——在左思右想，無計可施的當兒，這無辦法中的辦法，未知不是一個萬全的良策。試想，如果是樂園內的浮島上不再發出陣陣骨碌骨碌的聲音來，私彩有何法力搗得天昏地黑？所以這真是一劑因時制宜的特效良藥，濟世靈丹，值得惋惜的是稍微來遲了一步，假如在人們的口袋尚未翻出最後一個銅板的時候服下，現在一定早已六脈調和，萬事如意了。

——一九五六年六月

「食色性也」乎？

自從「食色性也」的哲學從聖人的尊口說出來之後，幾千年來準聖人和非聖人之輩對於色的追求便有了擋箭的盾牌，名義更是堂而皇之了。什麼軟玉溫香，春宵一刻之類的名詞，真是洋洋乎大觀。古代不是有許多風流帝王「轟轟烈烈」地幹下了「不愛江山愛美人」的豪舉嗎？那威震一方的宋公明是為一個出身青樓的閻婆惜而被迫上梁山的；那彎腰駝背的武大郎卻是為了美麗的潘金蓮而丟了性命的。還有斯時斯地數不清的癡情漢求愛不遂而拿起白朗寧「勇敢地」朝腦袋一扳，「欣然」找月老算帳去。

至於那些真正視女性如伐性之斧的道學先生卻不多見，歷史上也只出現過一個柳下惠而已，要想再找到一位「坐懷而不亂」者恐怕已不可能

——這些，也就足以證明色之於性是合乎邏輯的。

雖然如此，可是史家對於今日為分配不到妻妾「哥打」的鬚眉之輩解決風流性的娼妓卻沒有明文交代，因此，對於這位首先獻出腰下之貨的開山始祖便無史可考了，這是頗為可惜的。假如這位「密絲」尚活到今日的話，也許早就得到諾貝爾的醫學獎了，因為如果沒有她的化學原料，便不會有今日的「盤尼西林」，更休想要「奧里奧邁新」了。

然而，時至今日，問題可就並不簡單，因為早有人翻了經典說在到達天堂之前，對於娼妓的驅逐，是應該認真進行的。

其實，觀乎「人生貴適性」，男人固然要藉色以遂其願，女人自也需求食以適其性解決之前，「色」是沒法禁絕的。一紙不足輕重的公文，其能奏效乎？

——一九五六年七月

旗袍的哀怨

自從第一部以唐人為「襯托」的影片賺去了大量的唐人銀紙之後，製片老闆便把眼光集中在旗袍上面，於是乎旗袍影片接二連三，大批出籠，脫下紗籠，穿上旗袍的「花旦」，也就大行其道。環肥燕瘦，爭妍鬥豔，有的擠得像一條臘味豬腸，有的則像蘇東坡筆下的風竹，真教人看後大叫「夠癮也妹妹」！

還有許多洋片商也忙把鏡頭的焦點，從紅纓帽、長辮子轉移到流線型的旗袍上來。雖然有時候對於那高鼻子、藍眼睛，滿身赤毛的穿旗袍的姐仔的一擺一扭，不免要引起一陣寒慄，而忙著找行軍散或薄荷油嗅一嗅，但是在飽經三角褲和乳罩的浪潮的衝擊之後，看看一下「國粹」，也就頗覺心安理得，無限輕鬆了。

不料近日忽然傳說新加坡有人在反對穿旗袍了，據說這位先生反對的理由是旗袍的開叉使到股際的曲線更加暴露，因而恐怕這「肉」的貢獻，勢將導致新加坡人的虎視耽耽，這一來將間接地造成眼科醫院的不敷分配，真是何等厲害的問題！

至於這位先生是否有「客氣地」怪怪一下他自己的尊眼，則無下文。人類的投機性往往是與生俱存的，為了要向眼科醫生負責，便不惜死力吶喊反對；可是我們此地的製片家便大不相同，不論劇本是否和旗袍有過「姻親世誼」的關係，更不管主角是否三頭六臂，總要派給她一條旗袍穿穿，好讓那些播音家乘機製造幾句鹹水噱頭，教人發發笑，而那些兄仔姐仔也為了一親「鄉音鄉味」，而落力向票房鑽，於是乎，場場滿座，皆大歡喜。

可見世事紛紜，雖微如一條旗袍，也就有遇與不遇之分。

——一九五六年七月

煙館和煙仙

時至今日，吸食鴉片在世界各地早已成為歷史上的陳跡，而唯一尚公開販賣的地方，就只剩我們僑居著的這片土地了。

那些三步一樓，五步一閣的鴉片煙館，不但把老煙仙提煉成為「正果」，而且每年還培植出大批「後起之秀」來。一盞盞發出絲絲微光的煙燈，也薰出一疊疊的銀紙——煙館阿爺阿舍的豐功偉績原該記在極品之上的。

據說那些上了資格的正牌煙仙，如果把他們去放在王家田廣場上，兩耳穿起線子，待颳起大風，他們便會飄飄然像紙鳶般乘風而去，這一點是頗足使 U S A F 嘆為觀止的——假如真有一天要做這種表演的話。

還有不少廟宇中的神像，嘴唇上都被誠心的治子們塗上了厚厚的鴉片煙膏。據說這麼一塗，花會和彩票的真字便能如泉涌出，享用不盡，萬試萬靈，妙不可當，可見雖身為神仙佛，而對鴉片的需求也並不減於凡人。外國沒鴉片可以供奉神仙佛之輩，所以外國人不會得到真字和發橫財，這是一個鐵證！

鴉片的威力，既是如此這般的不可思議，因此渡過了印度洋和太平洋來到這裡之後，這東西竟然是以噸計算——真是學無先後，達者為師，青出於藍而勝於藍了。

只是煙槍並不能打出子彈來，煙燈也不是原子爐，「鴉片煙能」再也發揮不出新的花樣來，而且時代的潮流也愈來愈不妙，因此多人一竅的鴉片財主眉頭一皺，計上心來，便用減少稅收和煙館從業員失業的問題抓住人類的弱點，騷著癢處，賺取你無知的同情心，達到他的繼續毒害和剝削人們的目的。

我還記得日本禁吸鴉片的時候，命令煙仙要吸鴉片的都一律背上一塊小木牌，跑到老遠的集中營去抽吸。木牌的大小視乎癮的深淺發給，據說小的也有桌面那麼大，這辦法固然妙不可醬油，日本的煙仙也知難而退，日本的國庫卻未見因此破產，日本的煙館從業員也未必就因此失業而去跳東海。

——一九五六年八月

國粹

由於人們的時興，武俠小說一疊疊的出版，書攤擺滿了武俠小說，報紙競相登載武俠小說，電影仿編武俠場面，潮劇大演南北派，電臺的講古博士大講其金沙掌與飛毛腿，街頭巷尾的「隔江取寶」和「金雞獨立」，也時有表演。如果三杯「夜孔」落肚，武術的花樣就會貢獻得更加淋漓盡致。那時候，連三歲的孩童也要跟著來猴仔摘仙桃了。

中國人是受盡了人家的拳足的，所以也頗渴望自己的兩隻掌心能夠發出些掌心雷或梅花針之類的東西來，打在敵人的屁股上，讓他跳一跳，發洩一下鳥氣！

再不然，像小說情節樣深入叢山，遍訪名師，求得真傳，然後別師下山，專打抱不平，殺盡土豪惡霸，為民除害，又恰在這時，某位千金出現了，慕其英勇、愛其武藝，於是英雄美人，雙雙配成佳偶，真是何等美妙，快哉！

中國人也是最善於自我陶醉的，人家的氫氣彈重氣彈正在大量出廠，而我們卻還在宣揚翻筋斗的「國粹」，這就真如某位老先生說過的：假如一旦打起仗來，難道可以叫對方的飛機且慢下蛋，讓大家來比一比猛虎出柵或蛟龍過海嗎？

——一九五六年九月

衝的鑑賞

衝是無須乎術的，然而卻要夠勁！

用力一衝，山崩地裂；使勁一衝，石破天驚，聞道衝鋒陷陣，令人想到「那巴姆」汽油彈；說到「長驅直進」，便教人聯想到四十噸的坦克車；提起「首當其衝」，更教人毛骨悚然了。

金兀朮的拐子馬是一「衝」而震驚天地的。第二次世界大戰的時候，據說日本出現了一班敢死隊，利用戰鬥機專找盟軍的戰艦作為他們衝擊的目標，好些戰艦都受不了那股蠻勁兒而不免同歸於盡，唬得海洋上的艦隻都無不談虎色變，駭怕去碰到這批凶神惡煞——世間還有什麼比「視死如歸」更教人欽敬和畏懼呢？

到了現代，衝鋒陷陣的壯舉是更為廣泛與普遍化了，要想一衝而震驚天下者也已經不需金將的拐子馬，更無須乎勞動敢死隊的戰鬥機了。在曼谷街頭，就隨處可以身歷其境，細心鑑賞，看那大人衝倒孩子，大車衝翻小車，四輪衝翻三輪，三輪衝翻二輪，二輪又衝翻行人，挨次而下，直教人嘆為觀止！

日前，曼谷的「馬路霸王」，正浩浩蕩蕩，衝得性起，朝人行道上一衝——果然衝得頗夠勁，姿勢美妙極了！據說那一衝的衝力是足夠從三角路一直衝過越鵲五角路的，這真是科學的高度發揮，也是本地英雄的快人快舉！

只可惜當時竟然迎面跑來一個按摩女，「首當其衝」，就把那龐然大物擋住了，而且這一擋，居然把性命都跟著七孔併流的鮮血同時丟了，真是大煞風景之事。

為了讓「英雄」們能夠發揮出更優秀與破紀錄的「越洲」妙技來，我呼籲曼谷市民讓開馬路兩旁的人行道。

你看，許多人在讓了。

——一九五六年月

正牌和充裝

人類的腦袋可真是愈來愈進步了。

只要你想得到的，便會有人發明了出來，想不到的也一樣發明得出，而且既有人發明出來，也就有人跟著模仿，也就是說，有了正牌的貨色，自然就有了充裝的東西，大大地發揮了高等動物的天才！在過去的日子中，那些「默因」的貨品一吃香，馬上就有許多的東西平空多了幾個紅毛字，連廁缸和保險套也都一律蓋了章——這一蓋，居然教使用的人理直氣壯，安心了不少。

還有人把髮型燙成了「默因」式，烏毛也染成紅毛，穿上了洋高跟鞋，擺動洋屁股，走在大街上，成為一個洋式的充裝貨，就有人投以尊敬的眼光。

不久之前，一位紅毛科學家發表了驚人的報告說道，黑人兒全變成白種的試驗已經成功之後，簡直給那些專門幹充裝勾當的先生小姐們帶來了一個技術上的基本解決辦法。

近來因為大陸貨的吃香，市上就有了充裝的大陸貨，吹毛求疵，混水摸魚，照例又是刮了好一些。

曾幾何時，本地大陸貨跟著正牌大陸貨爭妍鬥豔，大家插到妙妙叫，皆大歡喜。

——一九五六年六月

心理學傳奇

善於治國平天下的人，真能隨處看出治國平天下的妙法來，當此百業蕭條，妓院生意一枝獨秀的當兒，忽然傳說有人要出來「研究」一下妓女的「心理」了，看看究竟那裡面包含了些什麼樣的荷爾蒙，乃竟至於大慈大悲，志願地幹此偉大的貢獻？

據說曾有一位天真的心理學家，在妓女身上溫柔一番，滿足之餘，便問她為什麼願操此業？那小姐卻也爽快，她只輕描淡寫地答道：「問你自己吧，先生！」——這樣喧賓奪主的話真說得既輕鬆又幽默，溫文爾雅，卻又教人回味無窮。

時至今日，尋芳獵豔不但早經成了公開的祕密，而且根本變成一種應酬品了。甲地人到了乙地，那做地主的除了款待飲酒喝茶之外，識相的總要心照不宣地引導去花街柳巷獵一番；相反地，乙地人到了甲地，自然也同樣義不容辭地「應酬」一場，而且你的發掘愈是深入，也就「辯證」地說明了你的見識廣博，可為此中翹楚了。

這風氣據說在日本尤其做得透澈，那地方是在你未抵步之前，已經先在你要下榻的房間裡布置了貨色，軟玉溫香抱滿懷，教你銷魂蝕骨，教你如醉如痴。

社會上已經把糟蹋人體昇華成為巴結人緣的風氣，憑幾張發霉的鈔票，就得教你如此這般，百依百順，蹂躪了她，還得教她說聲：「鵠坤巧，阿舍！」然後笑迷迷地感到十分或九分滿意。

在此興致方濃，好夢方酣之際，來「研究」妓女心理，那不但是多餘，而且簡直近乎無聊的了。不過智者千慮，必有一失，愚者千慮，必有一得。如若此項壯舉是勢在必行，則我建議，先問問一下三輪車夫或「的士」司機，如是在喃邦，則可請問馬車夫。

他們清楚得很。

——一九五七年一月

恨的哲學

電影《無敵拳王》的拳擊教練對洛奇．格拉齊阿諾說：「你不是有拳擊外型的人，然而你卻能打敗對手，因為你有一股潛力，是別人所無的，也不是我所能夠傳授的，那是你有了『恨』，你那股恨能產生出無比的力量來，憑這力量，你就得勝了。」

這理論是解釋得頗為透澈的，人們往往只知「愛」的意義，卻忽視了「恨」的力量。

恨是無止境的，小者如金剛怒目，柳眉倒豎，大者如肝膽盡裂，劍拔弩張……種種方式，視乎恨的深淺大小。

現在世界的潮流正是行到逢人吃人，見影食影的階段，被吃得多，咬得痛了，奴隸和馬牛都會恍然大悟，這就產生了「恨」的初步意識。魯迅說：「古埃及的奴隸們有時尚會冷然一笑，這是蔑視一切的笑，不懂得這笑的意義的人，只有那些主子和自安於奴才生活，而勞作較少並且失了悲憤的奴才。」

歷史上許多的暴政統治，都是在恨字達到了飽和點之下被連根翻起的。然而，世間卻也往往令人看到拍案叫絕，當那獅身人面的怪物已經在無邊的沙漠發出了悲憤的怒吼之際，卻還有那些自命為英雄豪傑之輩，偏偏在做著要到另外一個金字塔上而去飲威士忌和跳喳喳喳的美夢——這就教人真有點出乎意表之外。

——一九五七年一月

叛逆的兒子

這世界看來是真要愈來愈不成樣兒了。很久以前，阿Q嘴裡的「兒子打老子」，曾使多少人喪氣，但那畢竟還是止於諷刺，衛道者於嗟嘆一陣之後，仍可高枕無憂。現在我們這裡卻出現了兒子痛責父親的怪事，以致他父親一氣而不准他用乃父之姓氏——這兒子亦許是「大逆不道」的，但卻是百分之百的事實。

我們中國有一句金科玉律的教條說：「天下無不是的父母」，把做老子的地位高高抬到天上，還有一些聖賢之輩的所謂「萬惡淫為首，百善孝為先」的至理名言，與及在論語裡面的那篇子曰：父在，觀其志，父沒，觀其行，三年無改於父之道，可謂孝矣——真是汗牛充棟，車載斗量，洋洋乎大觀。

可見，除非你不來投胎，一出世，就非賢非孝無改於父之道不可，昔有明訓，古今皆然也。

然而，回頭一想，嘩！不對，假如不幸而那父親在生之時是幹那些不足為訓的勾當，那他死後兒子是不是也要跟著去盤牆跳壁呢？

中國五千年歷史中，也還有一種父親是不願意兒子跟著他跑的，像蘇東坡說的：「但願生兒愚且鈍，無災無難到公卿。」

——不以自己所作所為沾沾自喜，這才是一位偉大父親應有的風度。

——一九五七年三月

爬和跳

作為一個現代人，爬的常識是需要配備的，不想向上爬，或者不設法努力向上爬，就不可能出入舞廳酒樓，不可能擁有汽車洋房，三妻四妾。

小人物如販夫走卒之輩固然要望高高的向上爬，爬到達官貴人的大人物的地位，而大人物也一樣需要爬的，他要向更高一層爬，爬到別人所攀不到的雲層裡去，讓你仰起脖子，張大嘴巴，若隱若現地望著他發呆，於是他比你高出一層。當你再努力朝著他的方向爬上去時，他又已經再爬到了更高的太空中去了。這時也許他忽然失手跌了下去，讓你和其他的爬的同志代替了他的地位；也許他忽然轉過頭來踩了你一腳，教你一個白馬翻身，摔了下去，粉身碎骨，讓別的人踏在你的身上繼續努力往上爬。總之，爬的道路只有一條，而想向上爬的人卻是千千萬萬，擠不起的人是自然要摔下去的，就是偶然爬到了上面去，可是因為你已經精疲力竭，無能力守住那既經奪得的地位，人多一排擠，你便非摔下去不可，摔到原來的平地上去，或者比原來更低的深淵裡去。然而，就在這明知要往下摔的形勢之中，也仍然要向上爬的——到沙里膠跳崖的人，是在臨要跳下的前一秒鐘還在繼續向上爬的。

——一九五七年四月

適時的絕技

這幾天的曼谷正在鬧水荒，而據報載：美國目前也正鬧水荒呢，這可見得「吾道不孤」，值得那些對著抽水機「抽風」的朋友，與及那些跪對水喉災香祈禱的同志們額手稱慶的。

然而，紅毛畢竟有辦法，水一荒，他們馬上把地中海和太平洋的「鹹水」抽了去，然後泡一兩磅化學原料丟下去，水荒立刻解決。據說這樣「泡製」的水，一千加侖也只不過花五角錢成本而已呢！多麼值得——可惜那些紅毛仁兄終於沒有到來給我們幫幫忙，不然花他十元八塊錢，豈不立刻可以大鬧水晶宮，讓那些受了多年水荒的朋友浸他一個屁股生白泡，也還是值得的。

可是曼谷終究是曼谷，水不來的時候，哪怕你跪對水管，焚香叩頭，也無濟於事的。

好在曼谷人也自有一套適時的絕技，把洩出來的汙油，又「灌輸」了進去，「廢物利用」，這就叫做「原子乾洗法」，這樣洗法，自然沒有躺浴缸和開蓮花灑那麼痛快淋漓，然而「叫化子打野雞」——窮開心是也，奈何！

——一九五七年五月

帽子的故事

舊小說中有一段很精彩的「掠落帽風」的故事：說那位廉正不阿的包青天的帽子忽然被一陣狂風吹捲了去，卻落在郭海壽的菜筐中。這位郭千歲見憑空飛來怪物，一時失了主意，不知是糞桶還是尿缸，弄得啼笑皆非。而包大人也由這頂失而復得的官帽兒揭開了宋朝宮庭爭權奪位的黑幕，那位「國母」的沉冤得雪，卻是仗了帽子的力量。

幾多年來帽子在人類社會上始終占著重要的地位，達官貴人與販夫走卒的分別不在衣衫草履，而在帽子。做皇帝的戴龍冠，當將軍的戴鋼盔，狀元有狀元帽，秀才有秀才帽，一搖一搖的滿有趣。

時至今日，隨著官大人的銜頭輩出，帽子的花樣就更加複雜：方圓長短，高低寬窄，形形式式，真所謂官階不同，各如其帽。比方說：出洋鍍過金的博士之類的先生戴的是平頂方帽，晨昏早晚打掃街道的「職官」戴的是開天窗的來路氈帽，至於那滿帽珠光寶氣，鑽石起碼幾十克拉的觀音菩薩形的帽子，則是那些穿游泳裝裸白粉腿的××小姐戴的。洋洋灑灑，蔚為奇觀。

「今日壁間留形影，他年螺髻換烏紗」，帽子之於人的誘惑是何等地厲害！

雖然如此，而世間也還有一種帽子是有危險性的，假如不幸被戴上了，那就教人不大好受，打屁股和坐老虎牢的分兒肯定是有的。

那位上能大鬧天宮，下能直搗東海的齊天大聖，卻是在唐三藏的一頂金鐘框的套戴之下，而永遠乖乖地聽命於他的；那位沙場的長勝將軍岳飛，卻是在一頂莫須有的帽子之下，而枉死風波亭的。還有數不清的無辜的人們，在飛來的有色帽子的禍害之下跑進枉死城去。

——一九五七年五月

滑稽世界

愛殺人的人，真能隨處尋出「殺」的對象來，因為手持「鐵枝，或木棍」，因此有罪，所以該殺！

中國人好像生來就是有罪的，因此上帝就每每挑選了那些善於駕馭罪人的優秀人物到來，八國聯軍來之於前，東洋皇軍乘之於後，真是琳瑯滿目，洋洋大觀。

中國自經這一批批的「貴賓」到來，「各盡所能，各殺所恨」之後，「罪大惡極」的都早已滿門抄斬或夷九族了，留下來的就只有些犯不起罪的或根本喪失了犯罪的權利的人了。正是應該鬆一口氣的時候，不料律法又有改變了，因此手持「鐵枝或木棍」的人就有罪了。有罪，也就該殺，所謂：

「律當取斬難容伊」也。

因此，被殺者死有餘辜，而殺人者無罪，這是「替天行道」的緣故，勢所必至，理有固然，毫不足怪的。

然而，天下事也往往滑稽到令人拍案叫絕的，被殺的默默地死去了，而那未曾被殺的卻還要負起殺人者道歉的責任。這個世界，什麼世界喲，哎呀呀！什麼世界呀？？？

——一九五七年五月

半推半就

買彩票的人，據我的「研究」，買得最多最徹底的人倒不是一些想發財的人，也不是些不想發財的人，而卻是一些莫名其妙，忘其所以的人。

想發財的人，起初拚命買彩票，覺得那六個阿拉伯碼太富誘惑性了，恨不得把彩票局印出來的紙張全部「茅沒」，那時上自首獎，下至末字，中個痛快，豈不妙哉？然而一鼓作氣，再而衰，三而竭，號碼雖然相同，湊法各有差異，連條「西律」褲都當掉了，然後也就心甘情願，知道彩票學沒有可供畢業的學位。

至於第二種人，因為根本沒有發橫財的念頭，「非禮勿視，非禮勿聽」。彩票錢自然「勿出」了。

偏是這後一種人多，明明在找尋彩票攤，卻又假作看不見，給彩票童一攔，卻又裝得半推半就。

這種人，有他們自己的哲學，認為自己去尋買的就嫌小氣點，總要讓小童攔住腰肢，然後半推半就，小童推得烈，他就買得凶，有時候他會問小童：「這張會中嗎？」

「當然，財氣是你的。」這句話就教他心安理得，忘其所以了。

這樣就配合了那財運的邏輯，也就每次都要「推」，卻又要「就」，好在開彩的次數還不多，倘是依著子、丑、寅、卯十二個時辰各開彩一次，那曼谷可就要變成一個半推半就的世界了。

——一九五七年五月

三多與二多

前些時，外地人到曼谷來，問起他的觀感，總說：蚊多、娼多、和尚多——這大名鼎鼎的三多，真個轟動遐邇，猗歟盛哉！

可是我們住在這裡的人卻是並不覺得的，這大約是被叮得多，被弄得迷，添汶得繁而把神經都麻木了。所謂：「不識廬山真面目，只緣身在此山中。」

不料近日拜讀到一篇外國雜誌，卻把這三大特產改為二多了，二多者：狼和虎也。

這「發現」就很有令人「怵目驚心」，似乎果然是曼谷的「進化的邏輯」，然而彷彿也並不至太於無的放矢。在曼谷，只要一提起狼來，就會馬上令人聯想到雜草亂叢中，張牙舞爪的「狼群」，擄掠女性，然後編成許多「架次」，疲勞轟炸……

說到老虎，就更加教人聯想到紅毛電影中的手執雙槍，腰纏子彈袋，斜帽蒙面的「俠客」，跑進門來，拿去了你的鈔票，還回過身來，送給你一顆衛生丸，然後朝天空鳴槍示威，或索性在壁上揮毫大書：「殺人者某某也」，書畢揚長而去，讓地板上留下一具鮮血淋漓的死的歪臉！

——單是這些，也就頗夠教人肅然起敬了。於是驚嘆和佩服之餘，恢復了平和狀態，有時候因為狼虎之輩匿跡得太久了，報紙上減少了黃色和白色的新聞，倒反而令人浮起了單調之感，這大概是受了那些大批輸入的肚臍下文化，以及槍尖文化的精神感召之故吧？

——一九五七年九月

一朝奴才荒

昨日的新聞登載了佛巴斯州長的談話說：「除掉讓那九名黑人學生退學之外，他看不到解決小石市中央中學的其他辦法。又說：在黑人學生尚在白人學校就學之時，軍隊似將不會撤退。」

我先前只道黑人是做酒店的僕歐，和夜總會的司閽，不料現在方才知道他們「竟然」還受教育，而且「膽敢」跟著「優秀」的白種人「同學」，那就真是大逆不道，目無尊長。難怪小石市要出動傘兵軍隊如臨大敵般包圍學校，驅逐「九名」黑人學生退學了。

——不是我要為那些黑人「異胞」妄自菲薄，其實，在紅毛電影中，早就明明白白地告訴了我們，黑人的典型：「僕歐，侍役，奴才，司閣」，再不然，讓他穿一套黑色禮服，一頂黑色管筒帽子，滾動著黑色的眼睛，裂開黑色的嘴巴，露出一排白色的牙齒，多麼好笑呀！哈哈！

要是讓他們去接受教育，而且居然和白人同室「執經問字」，有朝一日，黑人也跟著「優秀」了起來，那全世界豈不要馬上鬧奴才荒。酒店沒有了僕歐，夜總會沒有了司閣，電影裡沒有了黑人小丑，不是要糟天下之大糕而荒天下之大唐嗎？

——一九五七年十月

狗道主義

那隻太空狗，跟著人造衛星飛出天外天，還來不及繞地球一周，忽然就有了英國虐畜會的抗議了，那抗議上說：「將狗隻封閉於人造衛星內，漠視其生命，此種舉動，殊堪痛恨」云云。

多少西洋慈善家，對於除了人類以外的動物，似乎情有獨鍾，因此對一些「畜生」之輩也就特別優待，於是乎哈巴狗住洋樓，坐汽車，吃西餐大菜，跳阿飛豔舞，得意的時候，還送過頭來，伸長脖子，汪汪汪地狂吠幾聲，好不威風！

這些韓盧楚廣之輩，既是如此這般的得寵於人，而那些「無聊」的科學家卻把牠「封閉」於人造衛星之內，而漠視其生命。這種違反狗道的創舉，不但「狗同志們」要咬牙切齒，「殊堪痛恨」，就連我輩小民，為了表示道德不落後，似也應來響應而同聲抗議。

然而，就是這麼偉大的狗道主義卻又不免要令人懷疑了，廣島的一顆原子彈把「萬物之靈」炸死了幾十萬，十二年來，不但未有一位慈善家或準慈善家之流出來「仗義執言」，或挽狂瀾於既倒，絕江河於日下。其有甚者，許多的「殺人專家」，正在日夕不倦，聚精會神地試驗如何加強武器的威力，增進殺人的數目字，彷彿人類除了忠誠地為「狗」服務之外，就沒有可以為其本身的行將毀滅於炮火的厄運「略盡棉力」，以解「倒懸」的「餘興」了。

我們有一句俗話說：「寧為太平狗，莫做亂世民」。如今想想，「亂世狗」也還比「太平人」更好做呢！

——一九五七年十一月

趨時與復古

現在世界上有兩股潮流，正在互相排擠，互相衝擊，一股是趨時，一股則是復古。

前一種是自從那兩顆人造衛星飛上天外天之後，彷彿世界上立刻明朗了起來，就連那茫茫的天際，似乎也若隱若現地出現了一條通達宇宙的坦途，甚至於有一些狂妄之輩，竟炒起火星的地皮來了，人類的科學也給「炒」前了二個半世紀了！

後一股潮流則是肉彈的大爆炸。一批批的「神仙菩薩」，忽地從天而降，相率趕到，慈航普渡，白肉大平賣，把一切屬於遮蔽的物質都全部解脫下來，唯一未曾與那玉體嬌軀脫離關係的，只是那些紅白脂粉下面的皮肉與毛髮而已。

這些廉價的肉的貢獻，於衛士之道看來，固然難免引起一陣惶恐與嗟嘆，可是這正是給世人上了一課四軌聲帶，動向身歷音的上古藝術傳真的歷史課呵！——誰敢否認他的原始祖先不是在這種鬚眉相見，肌膚互擦之間開闢他們的道路，寫下他們的歷史！

只是在這人類已經到了只要伸出一條腿來，就可跨到星球上去的當兒，來宣揚這七十二脫的「原始文化」，就未免有點令人感到氣氛不甚調和。

——一九五八年一月

「上流小說」與「半下流文學」

現在社會上混飯吃的人多，大家無事可做，不免要想些話說說，找點事去做，因此凡事分等級，講排場，都是這些人的拿手好戲，這還不奇，妙的是連文學也居然來一套「上流」和「下流」。真教人聽後要三拍其腿而叫絕。

日前一位貴同鄉的過氣博士，吃完了三明治與香檳之後，抹抹嘴唇，大發其文學之上下流偉論，據此位仁兄的高見，是說目前流行著的武俠小說乃是最下流的小說，他鼓吹人們去鑽讀偵探小說。偵探小說的「皺步」在哪裡，他倒無加說明，不過，他說那是科學的，因此，位列「上流文學」。

根據以上的邏輯，推而廣之，或者等而下之，便不得不教人佩服得「五體投地」。比方說，那些武俠小說總是打打殺殺，你來一雙玉女拳，我還一腳「勾沙腿」，跳跳蹦蹦，「架勢」總不如西部牛仔片，再說，人家已經動用到星際飛彈，坐在室內按鈕，就能取人首級於宇宙太空之外，何等威風與科學？你卻還在「華山絕頂」，扇風論劍，嘿！沒出息的傢伙！

至於偵探小說，舉手投足，皆是文章，樂在其外，妙在其中，何樂乎不讀？

然而，話又得說回來，武俠小說既有下流之嫌，而偵探小說卻似乎也不是「上流」之上，試想，萬一大家都來讀「上流小說」，每人都擺起福爾摩斯的架子，口含菸斗，逢著人面便「鑑顏辨色」，走在路上則低頭尋覓「現場證據」，偶然聞到一個屁，便要細辨是何味道，看看究竟吃下了什麼樣的維他命？肚內缺乏哪一類的荷爾蒙？倘若那聲音響亮一點，還要研究這裡面的「超音波」是否達到國際標準？諸如此類，都是欲做上流人士的上流事業？尖端「科學」？那麼，不幸而生為我輩小民，下流小說既不敢恭維，華山絕頂又爬不到，上流事業又恐其學而不精，難收「半桶」之效，最好惟有呼籲海內外中流作家，加緊生產些合乎上下流之間的「半下流文學」，則我輩幸甚！

——一九六〇年二月

狗禍

人間對除人類以外的動物都是鄙視的，大如獅象，小如鼠蚤，但對於狗來說，可謂別具摩擦，惡感日增。

在這個大都市裡，人們住的問題便很難解決，白食金每間高達幾千以至幾十萬銖，真教兩腳人類「活無企腳之地」，哪容這些四腳狗輩在街頭胡混？

但狗亦有牠的光榮，一些洋狗輩是能躋身亞爺亞舍之林，汽車共坐，有肉共食，當牠在私家車中伸頭外眺的鏡頭，又豈是街頭的野狗所能望其項背？這些流浪東西，殺殺戮戮，真是罪有應得！

人類真是萬靈的動物——大約是讀經濟學所影響吧？除對這些野種解

決外，並想到發展本地工業這個部門上去，把狗肉製起肉絨、狗肉醬、狗肉腸、狗肉丸來。

不料，這些經濟學家竟然得不到人們的賞識，而且更激動了人類的公憤，被攻擊得體無完膚。一些神經質的，更覺得曼谷市全是狗味道，疑神疑鬼，這一齣「狗肉」案，是大可以媲美當年新加坡的「猴腦」案的——倫敦的「護畜公會」並不是專吃飯的組織！

人類的心理多少帶有點矛盾的。本來嘛，既厭惡狗，亦便應咬食其肉，以示仇恨，但竟又舉起了至聖先師們的遺訓來，「聞其聲而不忍食其肉」！試想那一吠在耳，終夜難眠，其痛苦程度則又非啖肉寢皮不可！其實，那些「反狗」的偽君子輩，並不是怕狗，可能是怕狗的「個性」，深恐一肉在咬，如果走上精神的「感召」道路，走到牆根——腳翹起，施施然撒起「氫氧物」來，或者見到母狗，就要當街拉扯一番，那還了得？

——大都市的肉類又多一種了，怎不教市民胃口大開，食欲增進？濟顛和尚有知，定當駕起祥雲，到曼谷來作個長期的居留。

或許只是笑話而已。

——一九六〇年三月

專家與寓言

現在是幾乎每天都有外國專家到來，一到來便頗有些治國平天下的「皺步」，「貢獻」於我佛之邦。

近日又聽說將有一位紅毛專家要來研究少年犯罪心理了。我不知道這位專家是否已經抵步，但是際此曼谷少爺正在大放手榴彈，毆打教師，強姦女人，大鬧天宮的當兒，突然有外國專家自告奮勇，到來推經斷脈，研究此中「根源」，正是求之不得，阿彌陀佛，善哉！善哉！

我不曾曉得少年人的心理，當我還是少年的時代，那時也許因為不幸出生得太早，沒能跟上現在操生殺大權的少年好漢，攀得個把交情，這是一直到現在始終引為遺憾的。

鬧事的少爺們究竟弄成何等模樣兒，我只從報上讀到，不詳不盡，是殊為可惜的。但我連年來在電影上看到的虎、盜、俠、妖之類的「架勢」，早就教人肅然起敬，而以此類推或者等而下之，就更加令人怵目驚心。這些巨作中，有紅毛的紅毛賊，有矮仔的矮仔寇，也有我們貴埠自製的本地匪，洋洋大觀，一部比一部出色，一個動作比一個動作刺激，殘忍、槍彈、劍炮，格殺打撲，無一不達其極。不久前放映過的一部叫什麼銀行劫案之類的片子，據說該片在美國剛上映了一場，隔天就發生劫銀行的案件，這是否出之於傳聞，恕我不得而知，但電影院之比課室更加能迎合年輕人的胃口，則是無容否認的事實。

現在社會上所做的事，報紙所報導的新聞，不是戰爭、搶劫，就是姦淫、擄掠，文化與正義早就送進雪櫃冷藏；道德教育已經崩潰到毆打師長，殘殺同類的地步，憑幾位「專家」與一紙文章，就能旋轉乾坤，那是徒增現世紀的神話而已。

——紅毛仁兄葫蘆裡藏什麼藥，你我凡夫走卒自是無從知曉，然而褲頭方總也有幾張。

——一九六一年六月

人皆曰可殺，我意獨憐才

現在慈善的人多，因此到處彌陀之聲不絕，老八股「註冊」食齋的不必說了，新八股搞善堂求仙降乩的就不少，這大約受地理上「禮佛之邦」的精神感召吧。因為人人行善，因此酒店發現豔屍也就頗能教善心的人大大地吶喊一番，情感衝動的曾為入幕之賓的早就哀傷過度，昏迷不省人事；至於淚腺發達的也噙出了兩行汪汪的熱淚，叫著：「我的人兒喲，唉唉唉……」了。

於是報紙上有了材料，大家也可以有暫時免讀全版廣告的「苦痛」，反而能夠在那豔屍的生前遺容中，去品評哪張相片的姿勢夠俏，哪張夠迷人了。起初報紙上也頗肯賣力地叫喊了好幾天，大約因為際此汽水漲價之秋，深恐徒損荷包二十五丹，所以也就懶洋洋地靜了下來，雖則熱心欲聽「豔聞」的人於垂頭喪氣之餘，不免感嘆「仗義每多屠狗輩，無情盡是讀書人」。然而，也無可如何了。

人們在痛惜之餘，也就本能地遷怒到那一紙護照在手的「皇爺」上去，這又未免是婦人之見了。夫天地生人，有大仁則有大惡，大仁者應運而生，大惡者應劫而生，方今之世，哪個人不在額上刻著禮義廉恥的金字招牌，而腰肢下卻又盡是些男盜女娼，現代強盜惡棍之流的不把女人當人，是自有其歷史背景及外交手段的。

在一紙護照之下，那手法是比嫖集團嫖專家更加高明多多的，試看那些付出了積惡錢去尋「鮮貨」的阿爺阿舍，當在氣喘休休地埋頭苦幹的當兒，也許還有點兒「錢」的「真情」流露，及至棄甲曳兵，城下之盟簽訂之後，羅帳佳人，轉眼已成陌路，這是什麼味道？

若憑量珠聘入，藏之金屋吧，則又擺不掉那世俗的所謂「良人者，所仰望而終身也」的煩惱，而且汽車、洋房之外，還要每月的贍養費……

歐洲有一種男人專供女人洩欲而領薪的稱之為「工黨」，則又嫌其招之則來，揮之則去，所謂俯仰隨人也可憐。

到了現代，男人摧殘女人的本領是大大地跨進了一步了，既吃了她的「肉」，還伸手要她荷包裡的錢，還可以用來練拳腳，又可抓她進貓籠，就連她死後還要她念念不忘於酒店帳單的清算，你說，這是古今中外能得一見的曠世大傑作嗎？

——嫖的阿爺阿舍們喲，大家趕緊學習吧，向香港進軍！

——一九六四年二月

讀報一得

讀到《華風週報》黃裔先生的〈今日的華報與華校〉一文，雖則黃先生賣個關子要大家且聽下回分解，但因黃先生在該文章裡面大大地評論到今日「四大」的「團結」的問題，而使我這個不是「四大」之中的閒人看後「大表不滿」，因此忍受不到候待下期才聽黃先生的分解，也不耐煩等到「四大」前來反駁，便要為「四大」大大地打抱不平一番——路見不平，拔刀相助，原是我們中國人數千年來傳宗接代的美德，諒黃先生與諸讀者不以我此來為多事也。

黃先生說「四大」外強中乾，內容難滿人意，因而懷疑編輯部沒有人才，或曰有人才也是英雄無用武之地。這點黃先生真是「言道差矣」，夫今日社會，金錢第一，父子之間，非錢不親，兄弟之間，非錢不義，夫婦之間，非錢不聯，戚友之間，非錢不仁，孔聖尚且有所謂「富而可求，雖執鞭之士吾也為之」的明訓，至今千古不易，成為我貴同胞安家活命的「褲頭方」，一則廣告，動輒千金，全版廣告，更是事非小可，為廣告斬副刊，原是天經地義之事，何況廣告也是「文學」，也有白紙印黑字，君不見，廣告才子正在報上大做其文章乎，詩詞歌賦，補腎調經，式式俱全，「區區讀者」，何足道哉！廣告「買」去了副刊的地盤，「四大」又在「團結」的大前提下進行「經濟共榮圈」。我們中國人一盤散沙的恥辱，到了今日方才得到洗刷。

報紙上沒有了競爭，你有大幅的廣告，我也有大幅的廣告，正如某作家的妙喻，賣酒的酒中摻水，甲方的報紙固然不免「金生麗」，乙方的卻也是「對面青山綠更多」呢，大家心照，「彼此，彼此」。

一位新聞作家在論及報紙的問題的時候，大搖其頭說讀報難，編報更難，而且還洋洋灑灑地發表了長篇大論，呼哩嘩啦，把報紙說成了一門專門的嚴肅的學問，我們看到今日四大的輕描淡寫，挾廣告以自重，就不免要譏笑那位作家的故示神祕，大驚小怪了。

通常，報館編輯在遇到稿件不繼的時候，照例是拿起大把剪刀，在舊書報堆裡「撥草尋蛇」，現在則是連這把剪刀都省略了，而讓那些無窮無盡的廣告作馬拉松式的接代，這不能不說是今日昇華了的泰華報界的一大「進步」，也正因此而益證黃先生見解的淺薄。因為他不明白那些「人才」原不是新聞和副刊的人才，而是「經濟人才」喲。

——一九六二年二月

意表之外

世界大戰才了的時候，中國人很抱著一些希望，以為從此成了「大國民」之一，到處被人「另眼相看」，或者至少，子弟們的「子曰詩云」就總該有個著落了吧！

不料多年來，希望終於只是希望，淒涼的慘境也只是每況愈下。「澤阿萊」不但沒有搖身一變而躍登「甘摩羅」的寶座，甚且幾乎弄到活無企腳之地，即對那一個個的方塊字也似乎別具摩擦，到處遭人白眼，彷彿真有不共戴天之仇似的。這轉變是確乎大大地出於當初人們的意表之外的；因了這麼一來，「異胞」們固然要對著方塊字「深惡痛絕」，即那些血統裡還或多或少有了方塊字的百分率的仁兄仁姊們，也很有點恨恨地要「聞其聲而啖其肉」的模樣，而且還深自怨怪起爺娘身體裡面的原有的血液，偏生不會是ＡＢＣＤ？

方塊字的受盡白眼，誠然是很可悲哀的人間慘事，然而卻也實在是無可奈何的，因為到了此刻尚沒有一個「足資孝敬」的「父親」，正可以說明了它的「咎由自取」。不過，既然「不幸」已經投錯了胎，做了方塊字的「香火」的承繼人，那也只好聽天由命，「逆來順受」了。好在現在辦學店的老闆和廊主們，腦袋裡早就裝滿了三級火箭的原子材料，因此也很能因時制宜，量「財」行事，所以雖說每週僅有的幾小時授課，而學生依然一批批「畢」了「業」，既已畢了業，有些也都頗能讀懂報紙上的電影廣告——這「成績」就很夠「資格」列席諾貝爾「學店」獎金而無愧——倘若有這一項設立的話，據說趙匡胤是讀半部論語而治國平天下的，這邏輯就不差。現在的學生，「尚有」幾小時的「小小貓，跳跳跳」課，倘然仍要讀不懂方塊字的，那除非是昔之聖人所謂的「朽木不可雕也」，與我無尤的。

在未來，方塊字會總是出人意表之外。

——一九六五年

妙不可言

自從那位多人一竅的仁兄寫了一部狠發了一筆橫財的武俠小說之後，做夢也想不到竟然因此「造就」了無數「懷才不遇」，搖身一變的武俠小說家。於是，一部蜀山劍俠和七子十三生在冷藏了數十個年代之後忽然時來運轉，一夜之間吃香了起來，武俠小說家你抄我錄，你爭我取，脫胎換骨，偷些武功劍訣，錄點拳腳功勁，到了一切都抄完錄盡，無可再偷的時候，就坐在馬桶上幻想，於是武俠便從元明打到民國，自唐宋打到盤古氏，三皇五帝陸，渡過太平洋鬧到碧眼巢穴，衝出九州六府打向歐西大陸！

現在是不但出產武俠之國的「同鄉」們入了迷，經翻譯後，「異鄉」

們也同樣上了癮，這些寫武俠小說的仁兄們的勢力是不會小的。

不能不補上一筆的，是新八股之輩也著實為武俠小說盡了推銷的能事，揭出了「新派」的招牌呼武俠萬歲！在這奸邪當道，綱常弛廢之時，怎麼可以沒有劍俠劍仙來「代天伸誅」呢？中國人原就是受了數千年鳥氣的民族，吃夠了皇帝老子的虧，不想「門戶開放」之後還要受「蠻疆四夷」之辱，因此「身懷大志」的人早就頗想能夠仗劍叱吒，拔刀長嘯，把奸惡之徒，一一按其罪狀而殺伐，挽沉淪的世風於萬一，你道這不是大快人心的嗎？

於是書報攤的武俠小說「貨如輪轉」，大報館和小報館也都頗樂得花它三塊兩銖買本武俠或準武俠之類的小說放在字房，按期登出，字房工友身兼武俠編輯，報館老闆從此「物盡其用」。看來，不久之後，報館寫新聞的人將成為多餘，通訊社權且寄存博物院，電訊版位勢必為武俠小說所取代，編報的人都「解甲歸田」，報紙上上自報頭報頸，下至報腰肢報屁股，都是花拳繡腿，刀來劍往，讀報的人上廁所講究功勁，吸紅丸研究吐納，見著女子便要「採陰補陽」，遇到手鎗便說「君子報仇三年也」——到了那時，我想，天下也許就太平了。

——一九六五年二月

進化的邏輯

自從歐風東漸，阿飛這名詞飛進了這裡之後，這個寧靜的我佛之邦，就彷彿到處充滿騰騰殺氣，漸漸地不很寧靜了。

這邏輯似乎不很差，且看「虎」字輩的盜賊群起，妖字頭的「甲釵」層出，電影上的「拍億」全是身懷雙鎗，殺人不眨眼，酒吧間的醉貓無非飲一錢而醉一銖，這類的事，我們因為聽得多，看得慣了，就不以為忤，這或許就是所謂如入芝蘭之室，久而不覺其香，如處鮑魚之肆，久而不聞其臭吧。近日衛生廳忽發布消息說學生染性病者有日益增多之勢，這消息就很有些令人怵目驚心，衛道之士固然要大叫一聲，驚嘆世風之日下，而家有學生的或身為學生家長的更戰戰惶惶，未知那「小畜生」的「那話兒」

是否已「著了道兒」？

我不幸生得太早了些，因此沒能跟現在的學生哥拉得個把交情，自不足以道學生的嫖妓染性病的心理，稍知一二的是現在的學生哥，大半受的是高深的原子教育，吸進的是原子常識，放出的是原子氣味，故此，一言不合，拔刀廝殺的卻是「學以致用」之事，而且因為科學發達，自裝自製的手榴彈就不少，遇到三角「亂」愛，爭屁風吃乾醋，便向「仇人」拋出一半個土產手榴彈，炸得鮮血淋漓，屍肉橫飛，也顯得果然是時代尖端之人物，上可以光祖耀宗，下可懲戒「亂愛」同志。而那手榴彈的威力，據說就並不比USAF的××彈遜色，這是大可告慰於此間的原子能製手榴彈的學生家長的。

在這色情處處真理泯滅的年頭，人類的道德觀念早已束之高閣，代之而起的是鎗膛口的文化和肚臍下的藝術，夜總會裡的銷魂七十二脫，和樂戲院的妖精打架，理髮店的變相鹹肉莊，孔堤碼頭的流鶯處處，哪一樣不直接或間接出盡死力把這社會推上世紀末的道路？

背上了書包，打野雞，染性病，放手榴彈，集體強姦，原正足以說明社會風氣的進化，在「奧里奧邁新」還沒有失勢的一天，憑一紙不足輕重的公文，就能扭轉乾坤，那天下也就不會如此其多事了。

——一九六五年三月

笑話

我平生愛聽笑話，飯飽茶後，聽個笑話，既有悅身心，而且震動血脈，也可促進消化，於健康實大有裨益；滿腹牢騷或滿懷怨氣，聽個笑話，即時哈哈大笑，轉然成喜，破涕為歡，對人無損，於己有益，據說林肯愛在臨睡前倚在枕邊，翻閱一些幽默小品，讀到有趣的地方，狂歌縱笑，忘去了一切煩惱，當他要出席國會提出解放黑奴宣言之前，還手中捧著一新出版的華德所著的幽默集，這真是一位懂得幽默的前輩。人假如在可能的範圍內，努力把臉上的筋肉鬆弛一下，嘴角上掛出一顆微笑，自己費力不多，而給予人的快感甚大，可以使得這人生更值得留戀一些。

古今講笑話的大不乏人，而最教人聽得莫名其妙，卻又令人啼笑皆非的該算是魯智深了，當他大鬧五臺山之時，指著寺內眾大小和尚，脫口大罵「禿驢」，罵得那些和尚摸不著頭腦，因為魯智深當時早已忘了他自己也是「和尚」。

近日，也聽到了一個大笑話，是日本首相池田勇人先生有意無意之間說了出來，那時池田勇人先生也許正同樣忘了他是「大日本」人吧，所以竟然說滑了口，指著說臺灣不是中國的領土，而且地位尚待聯合國「鑑定」。

——我讀這段新聞的時候，起初是仰天哈哈笑，繼之是捧腹呵呵笑，後來竟就把我的眼淚都笑了出來。

講笑話而忘了形，連自己都變成了笑話的主題，那就大大地提高了笑話的品質。我相信凡是懂得聽笑話，或是有點幽默感的人都會與我有相同的感覺吧。只是在此時此地，此種「笑話」而出諸於此位仁兄的尊口說出，就難免令人感到氣氛有點不甚調和。

——一九六五年三月

貓兒與鼠輩

偶然在報上讀到泛亞社吉隆坡二十七日的一則電訊，說布防於沙撈越到首府古晉南郊之皇家澳洲兵團第三營，曾使用飛機向前方某哨站空投貓兒五頭，以捕殺該區之鼠群，詎知五頭貓兒一落地，即為凶猛之鼠群所傷害而一敗塗地，澳軍正不知如何是好，有人提議可以空投蛇類以制鼠群於死命，澳軍對此議正考慮中，據澳軍稱，五頭貓兒曾與鼠群發生激戰，但終以寡不敵眾，全部犧牲云云。

——電訊沒有說明該前方某哨站究與該地鼠群有何宿世之血海深仇，而至於要出動飛機，如臨大敵，勞師遠征，空投貓兒捕殺鼠群，然觀乎澳洲軍之如此這般隆重其事，則可見其事態之果然非同凡響，而鼠群之「居然」違師抗命，甚且傷害貓兒，此其可忍孰不可忍耶？難怪有人提議空投蛇類以制鼠群死命，看來，鼠輩的末日已經一步步之來臨了。

膽敢殺死從空而降的貓將軍，該等鼠輩誠然是罪大惡極的，然而不分青紅皂白，把強梁從老遠的地方用飛機運來空投，企圖把安居樂業中的鼠群「捕殺」，這無論如何是說不過去的，所謂「不抗師無以保命」，螻蟻尚且貪生，何況鼠輩？莫奈人類自古以來，有百年的戰爭，而無百年的和平。貓兒「犧牲」，還有蛇類，倘若蛇類又不幸「犧牲」，那跟在後面而來的恐怕就是飛機和大炮了。

——以貓滅鼠，恃強凌弱的如意算盤，也許要打不通了，讓貓鼠相處才是根本的辦法！

——一九六五年五月

投錯了胎

據泛亞社臺北五日電訊：民營之臺北《公論報》曾刊載一則日人以臺灣兒童「當動物試驗」之驚人消息，據該報稱：最近外傳有人使用二十四萬人份真偽參半的「日本腦炎疫菌」，以及過期失效的「小兒麻痺疫菌」，在全省各地免費供給幼童注射或服食……把我們的幼童當作醫藥上試驗小動物之代用品……

前幾天，此間的報界又有一則如下的報導：約有一千餘名觸犯泰國法律而被法庭判處驅逐出境之華僑，中華民國政府已拒絕遣赴臺灣……這些犯罪華僑，目前分別監禁於各地監獄或警署。數年來泰政府希望能將彼等送返自由中國，藉以減輕負擔。泰國政府曾經與中華民國政府多次接洽，但每次均遭拒絕……

——記得當世界大戰才了的時候，中國人總抱著一種希望，以為飽經了這麼多年來的戰亂，從此總該安樂地過著太平的日子了吧！語云：天欲降大任於斯人也，必先勞其筋骨，苦其心志……不料現在看來，希望還終於止於希望，中國人的苦難不但沒有完結，更慘的恐怕還只是一個開始。中國人與日本軍閥浴血苦戰，卻千萬沒有想到要在「勝利」的二十年後，會把中國的幼童去給日人「當作醫藥上試驗小動物之代用品」。看來，我政府不但對著被判出境無力繳納隨身證例費的窮華僑不感興趣，即對臺灣境內的幼童也感到是一種負累，而甘讓日人作為試驗小動物之代用品了。

我們中國人有一句俗話說：男勿投錯行，女勿嫁錯郎；男子投錯行，以致楚材晉用，那誠然是座山無分，阿爺免想，永世難以出人頭地；女子嫁錯郎，也只好嫁雞隨雞飛，嫁狗隨狗走，這本來是人生一大慘事，不料現在看起來，投錯了胎，做了中國人，也畢竟是一件不可寬恕的罪惡呢！

——一九六五年六月

紅毛州府的褲頭方

真是無巧不成書，吉隆坡已有人因吸菸導致癌症為理由，提出禁止報紙刊登香菸廣告的建議。而在美國，也有人提出每包香菸印上注意健康的警告。據美聯社華盛頓的電訊說：五月廿八日，美眾議院批准一項法案，規定香菸包裝上須印有關健康的警告，……眾議院商業委員會所通過的法案將規定：在美國所分發的每包菸的包裝上都須印有以下的字樣：「小心！吸香菸也許對你的健康有危險……」

吸香菸之能導致肺癌，置人於死命的論調，那已經是好幾年以前的事了，不過那時的人，只是叫叫嚷嚷而已，並不若今日之起勁，那原因可能由於那時世界人口「過剩」，而宇宙間足以致人死命的東西也相當「缺市」，不若現在般充斥，而且即使多死他幾個人口，地球上也未必便因此鬧「人荒」，何況那死亡率是那麼的低！

可是現在情形不同往昔，吸香菸固然「也許對你的健康有危險」，而其他足以致人死命的東西也太多太多了：走在路上，冷不防被汽車猛然一撞，可以要了你的老命；坐在家裡，忽然跑進一個強盜，拿去了你的錢包，還回過頭來，送給你一顆衛生丸，你的老命就此完結，況乎現在世界上戰爭處處，拿槍桿上戰場的要死，拿鋤頭在家裡的也要死。這還不稀奇，更驚人的是現在的所謂迫擊砲，據說那東西，只要輕輕一炸開，周圍幾千公里的人畜立刻化為塵埃，所花的時間也只不過數秒鐘而已。你道，這是何等可驚的消息！

世界上的人類，除了戰爭死亡之外，還要應付疾病的死亡，汽車猛撞而亡，盜賊搶劫而亡，真是一樣的生，百樣的死。地球上原就「人丁」稀微，這樣看起來，人類的生長率實有趕不上死亡率之危險！你說，你俺的這條性命還不值得好好地去珍惜嗎？

這邏輯就不差，也足證這禁登香菸廣告和加印危險信號法令的，果然是一劑因時制宜的良效「褲頭方」，我舉雙手贊成！

——一九六五年六月

人權

前文談到社會秩序問題，頗覺意猶未盡，無妨再個王太婆的纏腳布。

記得是四十年前，那時的公共汽車，除了在指定的停車站上下客之外，非停車站是絕對禁止上落車，紅綠燈更是嚴禁之列，我們每天上學回家都是遵守著這麼一個秩序。騎腳踏車的要有駕駛證，夜晚還要亮車燈，讓閃避的人和汽車能清楚地看到你的腳踏車，否則受罰；過了不久，彷彿是乃炮任警總監時期，公共汽車開始變成「囉嗦坡」，上下車處裝有車門，車行關門，不到停車站車門緊閉不開，這樣不但不讓人隨便在馬路中央跳上跳下，也同時防止人滿吊在東門的可怕鏡頭出現，雖然後來那些車門畢竟還是拆掉了。可是到底在那個時期，是表現了曼谷人的人權是真正受到重視的黃金時期。這時期比美國總統卡特高呼人權的時期，還早了三十年。

那時候，若干馬路上還豎立標誌，不准人力手推車行走，維持了一個非常良好的社會秩序。據我的記憶所及和所知，在那段時期，並未聽說有哪一個手推車成員因此而失業或鬧出社會悲劇來，可見社會秩序的建立是發揮人權和人類尊嚴的唯一可行的途徑。

可憐的是一般無知的和自以為是，愚蠢的人，藉著廉價的人道主義的抬牌，硬把歷史的巨輪往後推。

一九八四年十月

什麼世界？

曼谷的塞車，已經是到了快要把人都塞瘋了，雖然好多日理萬機的當朝人物禁不住一直在咆哮吶喊，而塞車的程度則是日甚一日，好在曼谷市民到底還能逆來順受，隨遇而安，面對塞車於前而色不變，此之謂「處塞不驚」也。而更妙的是，對著此一塞車奇景竟然還趨之若鶩，否則，曼谷的居民就不至於從原來的四五百萬人口，增加到目前的七八百萬，而且這數字還一直在增加中，可見塞車也自有其吸引人的地方。

可是塞車的程度愈來愈烈，往往三五里的路程可以塞上一兩個鐘頭，教人動彈不得，進退兩難！還有可惱的是站在馬路邊吹哨的，看看已經是前無去路，後有追「車」了，他卻還是一味拚命地狂吹哨子，手舞足蹈，教人不知道他要你前進？後退？還是要你停下來？而最要命的是那不聽話的尿意一陣陣沖來，教你忍無可忍，臉青唇綠，六神無主，真是呼天兮天不應，叫地兮地無門，子欲忍而忍不住，車欲停而停不得，但覺山河於焉變色，日月至此無光，窘態畢露，狼狽萬分的當兒，斯時也，你會不期然的想到：何人能解我這一「便」之急也，雖半壁江山余願平分也之慨！

觀乎人同此心，心同此理，本縣曾經此苦者比比皆是，於是乎「空福一〇〇」便在曼谷街頭出現，大家人手一便壺，進出於通衢大道，名正乎言順，理得兮氣壯！

教人擔心的是馬路上的車輛還要繼續地塞下去，救得了「尿急」的「空福一〇〇」之後是否還會再接再厲來個「空福一〇〇〇」，以解「屎緊」於倒懸？

到了那時，曼谷將是一個怎樣的世界？

阿彌陀佛，救苦救難！

——一九九三年八月

猴子哲學

這年頭，因為路少車多，管你是販夫走卒，還是達官貴人，在塞車陣裡，人人平等，老天對待人類，大約從沒有過這樣子的澤及廣被過吧！

這情景，微賤如吾輩小民，固然只能自怨命苦，夫復何言？最可憐那剛出娘胎的小小孩童，為了趕上課時間，個個得在三更半夜裡頭爬起，帶著惺忪淚眼與鼻涕，在漫天氣體的車廂裡像填鴨子般填進他們的早餐。

——這一幕慘絕人寰的二十世紀大災難，據說頗引起了好些心懷大志，與乎也身蒙其害滿想治國平天下、救苦救難、大慈大悲的當朝人物的垂注。卻說這批飽學之士，果然不同凡響，但見他們眉頭一皺，頓時計上心來，蓋觀乎日月五星，七政三才，奇偶相生，水火相剋，是以欲解塞車之困也，奇日准開單數車牌汽車，雙日則准開偶數車牌汽車，看準日曆牌，對準車號碼，庶幾日日平安。

這邏輯就頗教大京都八百萬市民佩服得五體投地。人總不免流於聰明一世，而懵懂一時，單雙日開奇偶車這麼簡單的道理，經大人物一點明，茅塞頓開，真的是俗語所說：「咀破無酒食」也矣！

不意，斜地裡殺出了程咬金，另有一夥智珠成篗，錦囊在握的人物，大約夜觀天象，悟天地間之陰晴圓缺，知蒼穹之雲雨相濟，風雷兩調；天清清，地靈靈，太上老君聽分明，陰晴圓缺天道事，欲解塞車在雨天。傳令全國學生之「暑假」，改為「雨假」。

——我依稀記得讀過老頭餵猴子吃栗子的寓言：早上給兩粒，下午給三粒，猴子們吵著嫌栗子少，老頭重新分配，早上給三粒，下午給兩粒，猴子們皆稱善。今日看到奇偶法與晴雨法的治塞車妙法，竟然出之於能治國平天下之輩的妙論，方才由衷地悟到猴子哲學的博大深奧，在二十世紀人類文化世界裡，還有它大展鴻圖的前景！

生活裡，確實有人喜歡先二，有人喜歡先三。

——一九九四年二月

萬國博覽會去來

在大阪舉行的萬國博覽會，已於三月十五日開幕，這個耗資達二十五億美元，標榜著人類的進步與和諧的口號的博覽會，不論對於一個現代事業家，以至於一個愛好旅遊的人來說，它無疑的是具有極大誘惑的。筆者與達瑜兄兩人懷著好奇的心情，於三月十二日直飛東京。那時距離萬博會開幕的時間尚有三天，而整個東京街頭已經洋溢著一片萬博的狂熱，許多大百貨公司樓前懸掛著數十尺長的萬博標語，迎風飄展，英文報紙以七彩印刷介紹場內商館，日文報紙更不必說了，還有近十個彩色電視臺，更是各出奇招，搶先報導會場動態，以爭取他們的觀眾。日本航機機身髹著鮮豔的萬博標誌，飛到世界各大城市去，至於在街頭和店裡擺賣的有關萬博的圖片和文字以及紀念品等，少說也有數百種之多。日本人對於這個在數十年前便夢寐以求，而終於在今日一旦實現的盛會，他們的興奮的心情是可以想像得到的。數十年前，日本人以龐大的武力向國際進軍，曾使舉世震驚，也使人類遭受到一場空前的浩劫。數十年後的今日，日本人又在廢墟中建立起龐大的經濟力量，再度向國際進軍，自是比前者更具備了深長的意義，明瞭了這點，對他們這次於萬博宣傳的積極，也就無可厚非了。

我們這次留日時間短促，簡直有如走馬看花，但因為城市風貌的不同，和生活習慣的互異，我想先把日本此時的有關衣食住行方面先略作介紹，然後再把我們到過的幾個商館的觀感報告一下，讓有意欲前往參觀萬博的朋友們作為一點行前的參考。

先解決旅舍問題

遊日本萬博，除非你交給妥當的旅行社代為安排，然後亦步亦趨的跟著團體走。否則，如果你想要自由行動的話，你第一步要辦的事是先訂下酒店。

據我所知，許多遊客和旅行社，早在一年前便已訂下了酒店，並且先付了若干訂金的。現在，東京、大阪的西式酒店，接受訂房期直到九月份的比比皆是，至於一些日本式睡榻榻米的「旅館」，較高級點的也都被一些國外的和國內的遊客訂租一空。不久之前，我曾經為一位開旅行社的朋友寫過一段宣傳的文字，裡面引用了一句「徬徨街頭」的話，說明沒有可靠的旅行社代為安排的話，那便有徬徨街頭之苦。那時我寫這文字的時候，自覺頗有點誇張之處，但當我踏上東京的時候，方才感到酒店問題的嚴重。所以，除非你熟悉日本的門徑，否則這個險不值得冒。

但是，這次我卻正是冒了這個險了。原來我這次到日本去，不但事先未訂下房間，即連出發的日期都在未知之數，直到抵達東京的前一天，我才發了一個電報給我的朋友秋原寬和本澤光擴二位，告訴我們的班機。當我們到達東京羽田機場的時候，正是當地時間午夜十二時，室外的溫度降到攝氏二度，天寒地凍，我穿在身上的毛外套等加起來總有二十來磅，還覺不大好受，而且不知酒店問題如何，也頗感緊張。待到在行李室瞥見本澤光擴、秋原寬、伊東昭一郎和吉田洋一等，都到來接我。秋原寬手裡還多了一件外套，是準備給我穿的，我才意識到酒店也許無問題，頗舒了一口氣。在東京的幾天時間，我就住在本澤光擴的「寶塚大酒店」，他是該酒店的總經理，後來我才知道他接到我的電報之後，急忙設法在那住滿房客的酒店硬擠出一個單人房給我，到飛機場一見我去的竟是兩個人，他才馬上打電話回酒店忙亂了一陣，弄出一間雙人大套房來。後來，他問明了我的行程之後，又星夜打電話到大阪去，向那間為迎接萬博的二十三層樓的「巴莎大酒店」訂下了兩間雙人套房，這是他運用同業的優勢和熟悉的人事關係爭取得到的。對於一個初臨貴境的遊客，我要重複一句：除非萬不得已，這個險不值得冒。

從東京前往大阪

從東京到大阪，最舒適的交通工具莫過於乘特別快車了。五百餘公里的距離，約相當於曼谷到烏隆府那麼遠，坐特別快車只要三小時又十分鐘就到了。車廂寬敞，對號入座，平穩舒適，暖汽設備，清潔而不聞噪音，自早到晚每小時各從東京與大阪對開一列，但是即使這麼開行繁密的列車也還是一樣要先訂票，不然，你就沒有座位可坐。我們這兩位不速之客的車票，就只好通過吉田洋一去勞動他的三晃製藥工業株式會社去爭取了。

在東京，除了銀座區和幾處熱鬧街道之外，普通街頭行人很少，可是當你一旦跑進地下鐵道去，嘩！到處是洶湧的人潮，準會嚇了一跳。在東京區內，主要的交通工具不是陸上汽車和計程車，卻是隱藏在地道裡不見天日的地下火車，原因是地面上的汽車太多了，雖然有數十條的高架道路，各個平交道還是處處交通壅塞，移動困難，但是這只是與地下火車作一比較而已。論起壅塞的程度，我覺得曼谷還在他們之上，這大概是我們這裡有太多阻人的羅斗圈和太多不合理的右轉彎，以及缺乏現代化的高架道路吧。

計程車車資是首二公里日幣一三〇圓起計，以後每四百四十五公尺加二十圓，現在為了照顧交通阻塞的問題，自本年三月一日起每三分鐘計程錶自動加跳二十圓，「時間是金錢」這句話在那計程錶上得到完整的解釋。坐地下火車三十圓起計，每分鐘開出一列，非常快捷，雖然有點擠，卻不會耽誤時間。東京共有七列地下火車，四通八達，這地下火車，在大阪和名古屋等城市也都設有。

如何參觀博覽會

這次日本為舉辦這個亞洲史無前例的萬國博覽會，不惜動員全國人力物資，傾力以赴，萬博場地不在大阪市內，而是位於距離大阪十餘公里的吹田市千里丘陵的盆地中，坐汽車半小時可達。主辦當局不但把從各處通到會場的公路和火車路線安排得有條不紊，更妙的是場內滿布自動人行道、架空單軌火車、小型的士、童車和供殘障者用的手推車等，除火車和的士收費外，其他都免費的。遊萬國博覽會，如果要每一個館都跑進去的話，那恐怕要花上論月的時間，何況還有些館要排隊等候，有如德國館，從排隊進去到跑出外面，要費四個半鐘頭。我在美國館也排了將近二個鐘頭的隊，其他如三菱未來館，日立館，法國館，三洋館和加拿大館等，到處都是長長的人龍。對於遠道來的旅客來說，亂跑亂闖亂排隊，在時間上是非常不經濟的，因此進入會場，首先應決定要參觀的幾個主館，然後循著自動人行道前去。我和達瑜兄同去，他隨身帶了六架攝影機，包括普通彩色底片的，裝幻燈底片的，長焦距鏡頭，廣角鏡頭和拍攝電影的，還帶了一副三腳架。這套裝備，少說也有五六十磅，揹在肩上，假如沒有自動人行道，就寸步難移。

根據主辦當局首天的統計，進場人數是二十餘萬人，這二十餘萬人在該晚散場之後，乘火車的、巴士的、私家車的或計程車的，都可以非常迅速而且有秩序地開行，係毫無壅塞的現象。回想前年在「華目」商展會場，每晚也不外幾千人進場，就把個碧武里路排起了連綿十餘公里的汽車長龍陣，把人悶在車裡，進退不得，叫苦連天，兩相比較，簡直天壤之別。日本人對於交通的管理和控制，實在令人感到震驚和佩服。

食物昂貴嚇煞人

在日本，一切物價都貴，食物更貴，這是我到東京的第一個印象。不料博覽會內的食物更是貴上加貴，一碗沒有加料只有鹹味的麵水開價三百圓，已經嚇倒了人，我在馬來西亞館的自助食廳，以七百圓買到一客牛肉沙茶，我的天，一個八吋直徑的盤子擺了小小的三支牛肉沙茶而已，這三支沙茶如果跑到豬廊巷的沙茶店去吃，還不到三銖錢呢。最便宜和最爽口的，要算美國公園的餐食了，我以同樣的七百圓（折合泰幣約四十銖）買到一客正宗美國運到的「康德斯州」火雞，熱氣騰騰，香味噴噴，而且滿滿的一隻雞，骨酥肉嫩，那才叫價廉物美呢。其他如法國館的巴黎咖啡座等，能夠嘗到真正的法國餐點，但是冗長的人龍陣和昂貴的價錢，都是教人一看就失了幾分食欲。

日本人的食物是以生魚肉和紫菜為主的，那些擺在美麗的碟子上的血淋淋的生魚肉，對於我們這些吃慣了享譽全世界的中國菜的人來說，無異是吃盡了苦頭。秋原寬第一次帶我去日本館子吃飯，我很賞識那熱騰騰的火鍋，不料第一塊進口裡的竟然是一塊其腥無比的魚肉，我雖然在禮貌上竭力強忍著硬吞了下去，可是那股難聞的氣味還是透過我的胃壁往食道上衝，使我感到周身陣陣發毛，一心只盼這場魚腥之宴快快結束，那便善哉，善哉！以後我每次經過日本館子的時候，那股氣味便油然地在我的大腦裡盤旋。秋原寬和本澤光擴知道了這件事，後來，他們兩人分別在家裡舉行了日本式的宴會，招待我們，這個宴會便由他們兩位的太太各自主理，她們都巧妙地盡量避開了生魚肉，並且還從我平日上館子的習慣中，知道了我所喜愛的和不太害怕的日本菜，做出來給我們吃。還虧她們的聰明和體貼，居然能運用雞肉、蝦肉和青菜、豆腐、蛋類等，弄出二十多種非常可口的日本菜，而我也在他們兩位的家庭宴會中，真正吃得飽飽地。

達瑜兄在曼谷時是最喜愛光顧日本館子的，因此他能隨便點上好幾種日本菜來，吃得津津有味，可是到了日本的第三天，便把肚子給生魚吃壞了。那一晚在酒店裡，輾轉床笫，奔馳於抽水馬桶之間。這一晚我吊膽提心，好幾次要搖一一九電話召救急車了，好不容易捱到天明，我即時打電話給吉田洋一，不久，他便帶了一大包胃藥到來，一場驚險，方才度過。

我生平第一次看見降雹和雪花是在大阪見到的，那時我到大阪近郊一家工廠訪友，忽然間天昏地黑，彷彿要下雨的樣子，不久便見一顆顆比米粒還大的冰雹，亮晶晶的從天而降，撒滿地面，鏘然有聲，氣溫也就急速下降。

到了第二天，我就在博覽會場遇到雪花了，和我同去的秋原寬對我說：「老兄真是幸運，我們居住東京的人，一年中也難見到一兩次雪景，你住熱帶的人，剛到日本就給你看到冰雪了。」

其實下雪的時候，氣溫倒並不比未下雪時有何顯著的差別，因為天氣本來就冷了，有時候，陰暗的天空中也偶爾透出一絲微弱的陽光來，映射著點點繽紛飛舞的雪花，染成一片銀色的世界，再加上一陣疾風，雪花的飛舞就更顯得曼妙和多采多姿了。只可惜在那裡，陽光竟然變成了稀罕的奇珍，只是那麼曇花一現，便又消失得無影無蹤，讓昏灰的寒風，刺得人周身發僵。

有人也許會覺得我們住熱帶地方的人，會耐不住那樣的嚴寒，依我的經驗，我覺得日本人在那個地方出生，在那個地方長大，卻並不比我們更耐凍。這次我到日本去，我穿的衣服包括一件背心，一套貼身棉布衫褲，一套西裝，加上羊毛夾克，一件羊毛恤，外加一件厚呢外套，這批裝備，總重量少說也有二十磅，也是在這個季節中每位到博覽會去的人所起碼的裝備。可是每當我感到凍的時候，他們日本人也一樣凍得直哆嗦，甚至有些還更抖得厲害，還有一些帶上口罩的，把口鼻都包了，只露出兩顆圓眼睛，彷彿怕口鼻裡的液體會給凍得結冰似的，怪可憐地。

不懂日語行動難

日本也許是亞洲區中最不愛講英語的國家了，因此有時候真頗有寸步難移之苦。我到達大阪的當晚，陪我同去的吉田洋一和秋原寬有點事情去辦理，我為了急於要先看一下大阪風貌，便和達瑜兄兩人走出酒店，僱了一部街車出來。依照一般過來人的經驗，離開酒店時帶一盒火柴隨身，遊罷便可照著火柴盒上的廣告字樣叫街車送回酒店了。那晚我們便在大阪市區內的「州番街」遊蕩。這條街道真是聲色犬馬，樣樣俱全，單是為裸體舞拉生意的老媽子起碼都有一二十人，彷彿叫賣水果似的口中喊著「奴囉，奴囉」。我們在那裡吃喝了一陣，然後便想僱車回酒店去，隨手取出火柴盒給街車司機看，不料那火柴盒上只印了「巴莎酒店」幾個英文字，不但沒有日本文，即連酒店的地址都不留下一個。這就苦也，我們來到大阪，既不認得路，又說不出酒店的所在，而且，這間巴莎酒店是新開的，叫了幾輛街車都說不懂。時已深夜，寒風狂嘯不已，正焦急間，忽然達瑜兄在口袋裡搜到一張酒店裡咖啡座的帳單來一看，竟然還有幾排英文地址。我便再招來一輛街車，硬起頭皮，用滲了濃度鹽水的日本語跟他說了，這回總算搞通了。不料他說每人要收一千日圓，兩人是二千，我嚇了一跳說，剛才我們來的時候才不過一百三十圓，路途並不遠，怎麼可以算這麼多？後來他說可以少收五百圓，兩人一千五，我見不是勢頭，兩人急忙下車，另招一部，總算平安回到酒店。現在方才知道，原來日本駕駛街車的仁兄竟然和我們這裡的部分街車司機還是誼屬同宗，真是天下烏鴉一般黑，到處街車同樣敲。

我們到博覽會去，為了時間上的限制和各人參觀興趣的不同，便和秋原寬等人暫時分開，約定那日下午六時正在會場中央主題區太陽塔下重新集合回酒店。但是那時他們兩人擠進德國館去，到了約定的時間無法出來，我和達瑜兄二人在太陽塔下苦候到八點半。寒風漸緊，氣溫已降到攝氏零度以下，我們都開始感到不支了，起先是兩腿逐漸僵硬，後來連嘴巴都變得不聽使喚，只覺兩腮也在漸漸麻木而至硬化，說話的聲音都變了，這是我生平所遭遇到的最寒冷的一次了。於是我盡了最大的力量，跑到會場服務臺去，想請他們設法為我們取得聯絡，不料我說了半天英語，待到他們彷彿聽懂了，他們的答覆，我就一句聽不進去。假使不是周身僵硬，還可多比劃幾下手腳，來個世界語的交易，現在漫天大雪片繽紛，寒氣襲人，多耽一會，我們的困難就多一分，所以決定先回酒店。我告訴酒店的經理，我和同行的朋友失去聯絡，請他馬上設法要求會場服務單位廣播出去，讓我的朋友知道我的所在，他很熱誠地即時掛個電話過去，數分鐘後，全個會場便播出來了。

中國館使人失望

我未到博覽會之前，從好幾種書報中讀到有關中國館的描寫，對於那標榜著中國的傳統與進步的仰慕與憧憬，和那面鮮豔旗幟飄揚在日本的上空，讓萬千來自世界各國的人士認識我們具有五千年歷史的泱泱大國，和不究既往、寬大為懷的優美文化傳統，我這個來自遠方的遊客，站在中國館前，也就沾了不少的光采。

因此我在進入會場的第一天，便決定到中國館去參觀，好在中國館離會場中央並不太遠，到了該館外面，我一看，起初覺得一呆，繼之就開始感到失望了。真所謂見面不如聞名，我眼前的那座建築物，果如宣傳所說的那麼動人的話，那麼在曼谷我就真能隨便舉出好多建築物來，為它寫上洋洋萬言的文章了。

我們非常佩服用「恬靜」二字描寫中國館的那位先生，他真是運用得妙到毫巔，因為它呆呆地恬靜得連走在館前經過的人幾乎不知道有這麼一個館的存在。

進入館裡是一片漆黑，我循著螺旋形的梯拾級而上，看到一些幻燈片，這時我的感覺是不像在參觀一個展覽館，倒彷彿到了一間已經在上映了的影院裡。到了上端，很多帶相機的人都擠在玻璃窗前大開麥拉，我擠過去一看，卻原來他們所拍的不是中國館的相片，而是利用那玻璃窗的視野在拍攝一所八角亭的建築，名稱叫「未來的夢境」的日本商館。對於一些拍友來說，中國館這場功德倒還不算小。

中國館的失敗，敗在它標榜著中國的傳統與進步，而沒有讓人看到它的傳統與進步。這次出乎人們意料之外的，倒是幾個平素沒沒無聞的國家，如寮國、緬甸、高棉、印尼等館，都布置得非常出色，充滿了吸引人的地方色彩，讓你在老遠的地方一望就知道它是那個國家，尤其是印尼館。老實說，我們「泱泱大國」的館，就萬萬不能跟他們比。

泰國館搶盡鏡頭

以濃厚的地方色彩表現得最突出和搶鏡頭的，該是泰國館了。這真是意外的意外。泰國館是以佛寺的形式分為三座建築而串連成一體的，我看見每一個從泰國館前經過的人都忍不住向它多拍幾張相片，只是泰國館前的路面很窄，除非用廣角鏡頭拍攝，否則普通相機很難拍攝出完整的相片。

雖然泰國館內部陳列了些零零碎碎的手工藝品和農產品，間中也有些輕工業品，都沒有引起人們很大的注意和興趣，但是就那館的外觀說，這個展出是成功的，至少，它讓一些未曾到過泰國的人窺見了泰國的輪廓。

談到泰國館，我就聯想到在東京的一個晚上，幾位日本朋友和我到後樂園一座室內拳場去看了一場別開生面的拳賽。那是一對女子泰拳比賽，比賽開始，但見兩方花拳繡腿，勾、踢、撲、擊，起初還有點路數，功架也頗不弱，一二個回合之後，便漸漸顯示出看家本領來了。先是揪住對方頭髮，及後便揉乳撩胸，以致那個招數遲了一步的俏娘子，被抓脫了乳罩，接下去的形勢嘛，看官，請恕我這管禿筆，無法形容了。

一陣雷鳴掌聲過後，我的朋友央求我道，老兄，下次我們到泰國去，千萬別忘了帶我們去看女拳比賽呵。我說，抱歉得很，你們的眼福可比我好得多了，我們泰國的女拳師，可得要在你們的國度裡才有機會看到的呢！

各館都勾心鬥角

這次參加展出的各個館都勾心鬥角，使出奇招，泰國館據說要運幾頭大象去表演，我還沒有看到，倒是印度館搶先弄到一隻活生生的「白虎」，轟動了整個會場。這種全身白毛的老虎，據說全世界只有七隻而已，印度館的這一隻自然是七隻中之一，日本報紙和電視臺都落力宣傳一番。因此扶老攜幼的日本人，一進會場便都擠到印度館去一看白虎真面目，把個本來就有濃厚咖喱味的館子擠得百味熏天。

其他如墨西哥館那穿上了墨國傳統服裝的男女職員，氣宇軒昂；夏威夷館柔媚的夏威夷小姐的甜美談吐會使你心花怒放；至於巴西館，幾乎每一寸土地都是攝影的好題材。

我在博覽會的幾天時間，固然是走馬看花沒有能夠深入地觀察，但有一點可以奉告於讀者的是，日本萬國博覽會的舉行，旅遊的意義大於經濟的意義，這一點對於如我這樣一個愛好旅遊的人來說，是不虛此行的。可是如果你懷著做生意的目的到博覽會去，那麼就要感到失望了。

——一九七〇年四月

孟加拉之旅

神仙難賺曲仔食——這句潮州古諺，多年來，每當我見到一個「曲仔」的時候，心裡便感到戰戰兢兢，如履薄冰。奇的是我對「曲仔」愈具戒心，而所接觸到的曲仔卻是與日俱增。從這裡最近的三聘街的「曲仔乃行」開始，到馬來西亞，孟加拉，錫蘭，印度，印度洋西部的毛里求斯，東非的肯雅，坦桑尼亞，到中東的阿拉伯酋長國……都有我所接觸的「曲仔」，真可說是曲仔滿天下。

這次到孟加拉的行期，真的是一延再延。這原因一方面是我的一位臺灣籍同事無法取得孟加拉的入境簽證，為了這件事，該國駐泰大使曾抱歉地向我解釋道，由於對臺灣沒有邦交，因此無能為力。據我的了解，基於政治上的理由，孟加拉在世界一百多個國家中，獨對臺灣、以色列和南非三國不予入境簽證，不但如此，凡掛上上列三國國旗的船隻運載的貨物到孟加拉去，也一概不予接受。

這在該國所有進口的信用票裡面都作了明顯的規定——這些，都說明了在所有的政治鬥爭中，人民未得真利，先蒙其害的一個例證。

自然，我和我的同事都不肯就此罷休，便又通過我們的合作夥伴，向孟加拉政府和外交部據理力爭，這麼一波三折，我的行期已不能再延，只好束裝就道了。孟加拉原為巴基斯坦的東部領土。於一九七一年獨立，到現在剛剛滿十週歲，一個這麼年輕，而又先天不足的國家，一出世便不斷受到政治動亂和天然災害的蹂躪。

孟加拉面積十四萬三千平方公里，人口九千萬，位於印度次大陸東北部的恆河和布拉馬普特拉河三角洲。西面和北面連接印度的西孟加拉邦，東西也與印度接壤，東南接緬甸，南臨孟加拉灣，境內河流密布，分為六個系統，計為恆河水系，布拉馬普特拉河和它所連接的河道，北孟加拉河，吉大港山脈的河流。恆河是孟加拉三角洲河流水系的樞紐，流域很大。

孟加拉首府達卡，在泰國西北方，距曼谷僅八百六十一英里之遙，航程時間僅二小時又十五分鐘而已。

達卡城名稱的由來，卻還有一段「古」：據說在公元一六〇八年，伊斯蘭教可汗穆哥帶兵征服了該城，興高采烈的印度民眾沿途擊鼓，恭迎穆哥進城，聲震寰宇，那穆哥可汗於躊躇滿志，顧盼自豪之餘，於是意氣風發地頒下聖意說：凡聞鼓聲之地，皆屬達卡城。（孟加拉語「達」即「鼓」之意。）因此達卡城也可說「鼓城」。

達卡城方圓二十八平方英里，居民五百五十六萬，九十波升以上信奉伊斯蘭教，其他為印度教、基督教和佛教等，全市有七百座建築迷人的清真寺，其建築年代都在百年以上。

對於我們中國人來說，那是另外一個世界。走下飛機，首一個檢查站是黃皮書，這本在全世界大部分地區早已宣布解除了的血清注射和種痘證本，在這裡竟然還有用到它的地方。其次是外匯的管制非常嚴格，因此入境時隨身攜帶現款申報絕不能馬虎，以備離境時核對之需。

在未到來之前，曾聽友人談起此地機場關卡檢查之嚴厲。在機上填寫入境表格時，也看到印在表格上對於入境男女旅客攜帶物品的限制，雖則我隨身所帶行李極少，心裡仍有一股翻箱倒篋的預感，卻不料海關人員只瞄一眼就揮手讓我通過了，態度之和藹，與我們此地那種對著外國和本國旅客的那股充滿猜疑眼光的缺乏修養的海關人員一比，真教人要為自己難為情。不管理由千千萬，動輒翻倒篋的壞習慣，總是對人類尊嚴構成威脅。

從走下飛機，到離開海關檢查室，所花的時間總共只不過十幾分鐘而已，對於外來旅客之歡迎，和對人權之尊重，這個國家是做到了。

我們的貿易夥伴胡辛氏兄弟持著我公司的牌子，已經等在那裡把我接到旅館去。前面提到我的曲仔朋友滿天下，儘管業務進行了好些年頭，卻都是依賴電信，大多數都是素昧平生，偶爾有幾個到過曼谷的，一方面因為我們之間相處的時日並不多。況且在我們中國人的眼光看來，好像個個都是濃眉大眼，鬢腮滿臉，彷佛戲臺上的大花臉，整個大臉，但見毛髮，卻不見皮肉的那副模樣兒，怪嚇人的，更何況那曲仔名字發音之難，呼名叫字起來，嚨頭經過一抽一扭之後，要好久之後才會恢復正常。

胡辛兄弟與我同樣素昧平生，到機場接我的是胡氏家族五兄弟中的老二和老三，老三剛從英國倫敦攻讀電機工程回來，出國十餘年，他對孟加拉的情況，反而是陌生的。

老二老成持重，與老大分別掌握著胡辛氏家族轄下的十餘項不同的業務，包括內河貨運、冷凍庫、造船廠、紡織廠、鋼鐵工業、進出口業、零售業等……

孟加拉有百分之八十的人口從事農業，農田約二百三十萬英畝，土壤肥沃，苧麻和大米是主要農產品，此外有青豆、黃豆、馬鈴薯、油籽、甘蔗、菸草、果品等都極豐富，工業方面有尿素工廠、水泥廠、造船廠和紡織廠等。

值得注意的是天然煤氣蘊藏量達幾億立方米，已經陸續開發中，為孟加拉貧困的經濟提供了非常有利的條件。

在達卡市內，天然煤氣管像我們這裡的自來水管一樣通到每一家庭裡去，以住宅單位計算，不設咪表，每單位每月四十搭卡（搭卡為孟加拉幣制單位，一美元兌二十三點三三搭卡，約等於泰幣一銖）。

從整個經濟結構來說，孟加拉仍是相當困難的，它是世界上僅次於不丹與查德的第三個貧窮國家，儘管自獨立以來，已經接受了全世界一百多億美元的援助，卻仍然無法擺脫她的窮困的逆境。

孟加拉人口中有百分之八十五文盲，對學齡孩童不採用強迫教育制度，但提供五年小學免費教育，中學五年自費，高中二年，大學四年。

目前達卡有二所大學。孟加拉雖然以孟加拉語文為官方語言，可是從機場、官場、商場、旅館等卻都是以英語為一般性流通的語言，無線電臺和電視臺也都以英語播出。

這個長時期來接受英國殖民主義文化薰陶下的民族，性格是那麼善良和單純，對人是那麼彬彬有禮，令人有賓至如歸之感。一個早晨，我為了急於要去見一位業務上來往的當地人，苦於無法接通電話，我在問明了方向之後，便獨個兒去找他。

到了那裡，我無法找到那個門牌號碼，因為除街名有英文之外，門牌號碼和大部分的商店招牌都是孟加拉文。正在躊躇，剛好走來一人，我拿出要找的地址來請教他，他一看便帶我走過一條街，再幫我找到另外一個人，向他嘰哩咕嚕一番，便由那人再帶我拐過一個彎，找到了我要找的人，然後一聲不響，默默地走了。這情形，在這鄰近國家，和我到過的地方，抱歉得很，還沒有福氣碰到有這份耐心的人。

小時候，曾聽人說，曲仔不吃豬肉，是因為他們是豬八戒的子孫，因此而怕對祖宗不敬——這邏輯在我幼小的心靈中埋藏了好久，想不到當時西遊記的作者為了忙於完成他那驚世駭俗的巨著而忘了帶上一筆，因而禍延後代，好沒來由的教他們莫名其妙地做了好些年的豬八哥的孫子，寧不是人類史上的一場大疑案？

話說穆斯林曲仔不吃豬肉，卻是事實，他們是以雞肉、牛肉、羊肉作為主食，也有素食的，則片肉不能入口，這些端視乎他們不同的宗教信仰而互異。記得我還在念書時，我的一位印度籍班主任，邀我到他家裡度聖誕。在誦完聖歌後，師母端出一碟食物給我，也許因為年代久遠，我現在怎樣也想不出那個名稱，老師就坐在我旁邊，指點著告訴我，這是他們家鄉的風味，是師母親手下廚做的。

說著，他便看著我把那東西送進口裡，我遵命咬了一口，那時，但覺突然之間有一股極其怪異的味道直衝咽喉鼻腔，似辛非辛，似辣非辣，說不出的詭異神祕和難受，霎時之間，那怪味道又迅速地滲進了血液裡面，在血管裡飛滾翻騰。至今事隔數十年，每次想起那詭異怪味道來，喉頭仍陣陣發毛，餘悸猶存。這次到孟加拉來，我是抱著拚死跟那怪味道再來一次搏鬥的心理的，卻不料這個久受大英帝國統治的國家，不但到處有西餐供應，中國餐館也有好幾家。胡辛氏兄弟帶我到一家孟加拉人開的中國餐館，裡面的陳設都曲意的做出中國風格來，以迎合欣賞中國菜食客的心理，即一切杯盤碗碟都來自中國大陸，予人親切之感。胡辛兄弟特地點了一個「泰國湯」，即是著名的泰國的鮮蝦酸辣湯。

這個湯，我曾在好幾個不同的國家嘗試過，同樣冠以「泰國湯」的名稱，卻都做出不同的風味來。可見泰國這道湯真的是名揚四海，雖則製法互異，難免於差之毫釐失之千里，這裡嘗到的，竟然是變成了一碗紅得發紫的濃漿糊，要不是菜牌上明明寫的是泰國湯，我會以為又碰上了曲仔湯，非要抱頭鼠竄不可。可見一個民族要學習另一個民族的傳統文化，的確不是簡單的事，即使一碟蝦湯之微，也難免有東施效顰之嘆。

我離開孟加拉之前一個晚上，胡辛氏家族在家裡設了一席豐盛的晚餐款待我。這場晚餐是由胡辛兄弟的太太團和他們兩位姊妹合製的，可說相當隆重其事。這一席共出了十二道菜式，我不好意思問他為什麼這菜式的數字會跟一般的漢菜不謀而合。這裡面包括雞肉、牛肉、羊肉、淡水魚、蝦、豆類、青菜等，隨後還來兩個甜品。出乎我意料之外的是，自始至終未有聞到咖喱味，而且煎、炒、煮、炸，都頗與漢菜近似。

在孟加拉，即使飲啤酒也算犯法的，只有在政府指定的若干觀光旅館裡才可以開懷暢飲，否則，縱然提著酒樽走在街上，也會惹官司的。

但是，有一家飯店，為了滿足醉貓，便把啤酒裝在茶壺裡，避開了宗教禁令，也讓食客能在此純清教徒的領域裡另闢醉鄉。

踏入孟加拉的第一個印象，該是那數不清的人力三輪車了，特別是晨昏之時為甚，滿目所見，俱是說，這久違了的交通工具如今異地重逢，真有似曾相識的異樣感觸。有一點與曼谷三輪車不同的是他們都把車身、篷蓋刻意裝飾得古色古香，金碧輝煌，在驕陽的照耀下，成群結隊在馬路奔馳閃躍，似萬道金光，又如銀蛇飛舞，蔚為壯觀。

像所有的落後國家一樣，汽車走在馬路上，照例是揪緊喇叭不放，行人嘛，則是照例充耳不聞，吾行吾素，誰人也奈何不得。於是車馬與人龍並進，汽笛與喊聲齊飛，這情形，和我五年前在北京街頭所見一樣，與這完全相反的是美國，這個汽車王國，數不清的汽車在馬路上奔馳，卻是寧靜得很，要想聽一聽汽笛長鳴，真是難之又難，否則，那麼多汽車，大家揪一揪喇叭，這個城市的居民還想活下去嗎？——一個民族的文化教育程度，是可以從他們對音響的誤用上分出高低來。

孟加拉政治還處在不甚穩定的階段，達卡城夜晚還實施宵禁，宵禁的時間是午夜一時至凌晨四時，因此對整個市民的生活影響並不大，該國現在正在大力吸引外來的工業投資，除提供外籍人士入境的優惠條件外，尚提供長期的低息貸款，以求發展其國內工業。唯一通商口岸吉大港，已預定明年開始敷設天然氣管，這計劃一旦完成，對孟加拉的經濟將會出現一番新貌。

——一九八二年十二月

苦差美國行

晚年惟愛靜，萬事不關心

我生平最怕旅行，這也許因為我早年有過太多的旅行，十二年馬不停蹄的業務旅行，使我對旅行視若畏途。可是事與願違，結束了十二年的國內旅行，跟著而來的卻是國外的長途旅行。

國外旅行我最怕到美國，不是怕十五六小時的飛行，而是怕那十四小時的時差。它把你弄得晨昏顛倒，痛苦不堪。明明這裡是白天，它那邊已是黑夜，教你眼睜睜地看著天花板而睡不著；到了我們這邊的黑夜，該要躺下休息的時候，它卻偏偏來個白天，讓你垂頭喪氣，淒涼慘狀，令人不忍卒睹也矣。

由於業務的關係，加上這數年來美國對外貿易連續逆差的影響，國內工業界想盡辦法抗禦進口貨，諸如反傾銷案、優惠關稅、綜合法案、哥打……等名堂之多與設限之苛，教你記都記不清。而人窮志短，雖瀟灑如李根老先生，也就難免要為著他的「錢」途而左顧右盼，折腰盡瘁了。

——何謂反傾銷案？舉個例子：一件東西你在泰國賣給人家十塊錢，但賣到美國只有九塊五毛錢，讓他們查出來了，他們就認為你是把那在泰國本地多賺來的五毛錢成本拿到美國去削價傾銷。他們認為這樣子的競爭是不公平的，因此反傾銷案便告成立——同樣的例子，美國人有沒有到國外傾銷美國貨呢？答案是罄竹難書。譬如說在泰國，隨處都可以不到一百銖買到的一卷柯達軟片，在美國竟要賣五塊半錢美金；一包美國製的雲絲頓香菸，在泰國不過二十銖左右，在美國卻要一塊半美金——這不是傾銷是什麼？但大家都知道：弱國無外交！

反正每次一有風吹草動，你都會有首當其衝，膽戰心驚之感。不久以前，此間一位電視播音員感慨萬千地說：現在這個時代，你不去搞政治，那政治卻要來搞你。人類關係到了今天這樣的地步，焦急緊張和複雜之外，還加上幾方的敏感和難言之隱，我們既然要處身於這麼樣的一個社會裡，那又夫復何言？

風雨芝加哥

——寫文章而要寫出生意經來，實在是教人洩氣且又大煞風景的事。

且說我這次因為行程編排好要趕去美國，回來後須即時趕往歐洲，出席一次領獎儀式，總計來回歐美二洲的時間只有二十五天而已，因此只好匆匆忙忙，束裝就道。

我好幾次路經芝加哥，因為航線的關係，或稍作停留換過班機就走，從來沒有進入過市區內。這次因為有點事情要辦，便在芝加哥停留了兩天，我住的凱悅大酒店，剛好有一個規模相當龐大的紙業展覽會在此地舉行，吸引了美加好多來參觀的人之外，還來了不少歐洲人士，冠蓋雲集，好不熱鬧，我因恭逢其盛，也應該主辦當局邀請參加盛會。

這個展覽會，展出了最新的紙製品，範圍包括報紙業、印刷業、包裝、電腦等等，舉凡與紙相關的業務都無不包羅萬有，紛紛展出，真教人眼花繚亂，目不暇給。

芝加哥市素稱風之城 WINDY CITY，風之狂和雨之暴實在有些可怕，我和弟弟兩人站在米歇根河一條小橋上瀏覽城光水色，其時正是風平浪靜，突然間風雲變色，颳起一陣狂風，風勢之猛，真教人站立不穩。繼著一陣暴雨，那時正是下班的時候，好些人的雨傘被強風颳得傘的弧形不是朝下而是朝上，變成一個大碗子，都紛紛朝店鋪的屋簷下躲。一剎那間，雨過天青，只是颳風，那些朝夕與風雨相處習以為常的路上行人，又繼續默默地走他們的路。

這次到美國來，在美國住了二十餘年的二弟剛好有三、四天的假期，陪著我走了一段路程，並安排我去參觀了聖斯大廈。聖斯大廈是美國老牌聖斯百貨公司所興建，樓高一百零三層，高度一千七百零七尺，比紐約帝國大廈和世界貿易中心大廈還高，是當前世界上最高的建築物，共有可使用的面積四百五十萬平方英尺。據說當年共使用了七萬六千噸的鋼材，裝置在大廈的動力電線連接起來，可以環繞地球赤道數周。該大廈東望米歇根湖，西臨伊利諾大學，南北為海軍船塢暨芝加哥科學博物館，氣勢雄偉，直矗天際，置身其中，有登泰山而小天下之感。

最教我深感興趣的倒是芝加哥科學博物館，它位於芝加哥大學附近，當年炸在廣島的那顆原子彈，便是在這所芝加哥大學設計製造的。

科學博物館近門口處展覽的是太空科技，這些我以前在休士頓那莎太空中心看過了，不想花掉太多時間，便轉過去參觀一處礦坑展覽場。我的工場每年消耗掉好幾千噸的焦炭，卻從來未見過礦坑的真面目，便乘升降機直下礦坑，然後登上運礦車，到達礦場究竟有多遠，我不知道，但覺那礦車在黑漆漆的軌道上上下左右顛簸了好一陣子，下得車來，在微弱的燈光下牆壁和道路都是煤礦。

出得礦坑，左面陳列了一艘第二次世界大戰時被美國海軍虜獲的一艘德國潛水艇U－五〇五。

話說第二次世界大戰時，德國的這艘U－五〇五潛艇，橫行於大西洋南北，成為海洋霸主，英美海軍不勝其騷擾，卻苦無良策對付，直到一九四四年，美國海軍決定採取主動，進行大力反擊，便由旗艦艦長葛羅里將軍率領五艘驅逐艦，終於發現U－五〇五蹤跡，於是即時布下陣勢，五艘驅逐艦散開成一個包圍圈，艦上的飛機升空作低飛監視，天羅地網之勢排成，但聽艦長一聲令下，飛機上之深水炸彈如雨點般撒下，刹那之間，大西洋的波浪，奔騰澎湃，排山倒海，勢如風雷，想那小小潛艇，如何抵擋得住這翻天覆地的一擊，在連續幾陣海浪之後，它像一條翻白了肚的魚兒顫顫簌簌地浮出水面，豎白旗投降，艇上的德國官兵，一個個垂頭喪氣地被抓上美艦。至於那條為禍海洋的U－五〇五，便被美軍拖到芝加哥科學博物館作為戰利品供世人憑弔。

艇裡的一切保持著當年的原狀，我鑽進艇裡，但見那麼龐然大物的一艘潛水艇，那通道竟然只能讓一人容身，上下左右都是機器和管路，以及五花八門的儀表，最妙的是還保留幾顆當年未用完的魚雷，冷冷地橫在那裡，對著參觀的人群閃耀著恐怖的光芒，教人對它當年為人類世界製造罪惡和毀滅了歷史文化感到無限痛恨。

聖類易斯拱門

我上次經過聖類易斯的時候，雖然停留了一個夜晚，但是因為行色匆匆，對著那座矗立雲霄象徵著現代人類智慧的聖類易斯拱門，只能驚鴻一瞥，並沒有仔細地去欣賞它。

這次我把公務打理完畢之後便直往該拱門跑，好在這次有弟弟同行，他把旅館訂在這拱門的附近，走路過去只不過是幾分鐘的事。

這座拱門於一九六五年建成，矗立於密西西比河岸，高度和底座都是六百三十英尺，比起比薩斜塔高度一百七十九英尺，紐約港口自由女神像高度四百五十五英尺，以及華盛頓紀念碑的高度五百五十五英尺來，聖類易斯拱門的高度應說是最高的了。

拱門全座用不鏽鋼建成，在陽光照射下，銀光閃爍耀眼生輝。最妙的是，你走過拱門的時候它只是默默地不動聲色，可是地下竟然是一座龐大的紀念館，參觀的人成千成萬。紀念館中央擺著美國憲法起草人傑弗遜的塑像，周圍是當年美國人從東部向西移的歷史文物，左方是一間電影室，也是放映歷史文物的影片，介紹了當年從構想到完成拱門的過程中，所表現的大膽和突出的想像，和現代人類智慧與科學的結合。

拱門內有八座升降機，每座升降機只能同時容納五個人坐下，不能站立，升降機沿著拱形軌道上升，八座升降機擺在地面時是成為梯形排列，上升時卻排成一條直線，到達拱門頂端時，又是分開成為梯形，要彎身而出，再拾級到達拱峰。那拱峰又陡又狹，雙方有玻璃窗可以俯視大地。也許是玻璃窗角度的關係，我登上芝加哥聖斯大樓時有登泰山而小天下之感，卻是在這拱門玻璃窗口往下一望，頓時心窩兒怦怦地跳，腳底板陣陣痠軟，真想早點回到地面上來。

溫情與律師

路易斯市是一個比較早期開發的古老城市，當地人大都保持著比較古老的民風，樸質而誠實，絕不狡猾市儈。最難得的是有著非常濃厚的人情味。

我與魯威老先生兩人儘管在生意利益上大家據理力爭，面紅耳赤，一旦談妥之後，跟著便是非常誠懇地閒話家常。在這個商業峰火處處的文明社會裡，能與具有古道熱腸的老人家多聊幾句，也有倍加親切與溫暖之感！

一般的人對於美國從工業王國到了當前近數年間經濟成長率以服務業占了很大的比重，表示了隱憂。服務業者包括了營運、保險、醫生、律師業等等……工業的人才明顯的減少，操執律師業成為當前最賺錢的行業。美國律師之多，真是世界第一。中國古代把律師稱訟棍，為了息事寧人，還創立了一條哲學：「官司好打，狗屎好食」——這樣的哲學在美國人聽起來，真要把他們笑死。

在餐館吃飯，發覺盤子裡有一隻螞蟻或蒼蠅，固然可以變成大事。而一個老菸槍死後，家屬還可以拿著某牌子香菸廠幾十年前的廣告牌，告到官裡去向香菸公司要求賠償人命，諸如此類的事，在我們中國人看來，瞠目結舌，而美國律師專業人才的驕人業績，確是發揮得淋漓盡致。

但從另一方面而言，一部汽車或是一件用具在使用過程中發生意外，那意外被證實是生產工廠的製造上的疏忽或過失的話，後果就會非常嚴重，嚴重到什麼程度呢？那就要視乎兩邊律師運用之妙，存乎一心了。

因此，好多新的工業產品，都在廠家戰戰兢兢，一試再試，遲遲不敢推出，這與美國嚴峻的法律和虎視眈眈的律師都不無直接或間接關係，較之日本人那種急急忙忙，「牡丹連夜發，不使到天明」的心理形態，是兩種截然不同的。因此，律師行業在美國社會固然已經做到保障人權的地步，可是從另一方面看，卻也是教人感到顧慮多多的。

美國的華文教育

在美國，大小城市幾乎都有華人區，那也不足為奇，奇的是一些新興城市，華人並不多的地方竟有華文學校的存在，才教人驚嘆。

弟弟居住的聖荷西市雖是近年美國電子工業發展極為迅速的一個新興城市，華人並不多，包括香港來的、臺灣來的和少數中國大陸來的，也不過是幾十戶人家而已。他們的子女除星期一到星期五送到當地學校上正規的英文課程之外，星期六和星期天便上華文課，地點便是上英文課的學校。師資除正式聘請之外，欠缺的或由志願的家庭主婦自動補上，經費由各學生家長分攤。課程由在校教師認真執行，並經常舉辦有學生家長一同參加的文娛活動，使學校與學生家長之間緊密打成一片，氣氛非常融洽。

弟弟的兩個兒子上了二年華文課程，已經能夠寫得一手好字。在家裡，弟弟和弟媳也盡量跟他們的孩子們用華語交談——這一點非常重要，中國人能夠在全世界各地赤手空拳，適應環境，創造環境，這原因並不盡如外國人所想像的憑藉中國人的人口多，和具特殊的商業天才。我說，中國人事業成就的最大支柱是倫理觀念，這個倫理觀念包含在源遠流長的中華文化裡面，不對兒女們用華語交談，你就無法向他們灌輸中華文化，又哪裡能讓他們去領略這舉世瑰寶的倫理觀念呢！

——一九八八年十一月

西歐初探

西班牙鬥牛的誘惑

本年八月間，我接到世界外貿促進中心的電報，通知我該中心將於十月十日在西班牙芭莎羅那市，頒發一項予全世界四十二個國家外貿業績優異的廠商，我們工廠是這其中之一，邀請我屆時前往參加。

我於是便在美國回到曼谷不到十天的時間內束裝就道，匆匆啟程。

這些年來，我因為習慣了到好多國家去都不必要簽證這回事，即使是要去美國，早在幾年前一次終生簽證，現在隨時想去美國，拿了護照便上飛機，因此對於出國還要辦簽證的這回事早就忘得乾乾淨淨，就因為這麼一疏忽，幾乎誤了我的行程。原來我在要出發的前四天才把行程排好，關照旅行社給我出機票，這次只有十天的假期，我不想跑太多的地方，走馬看花，反而令人印象模糊，因此我只選擇芭莎羅那、比利時的布魯塞爾和倫敦。旅行社告訴我，歐洲國家只有一個德國可以不必簽證，其他國家都要簽證，而且要先出好機票，同時還要先簽好英國，再簽其他國家，按照這些國家領事館的規矩是早晨九時收件，明天中午發件，下午休息。這麼說，就這三天的時間，便只能簽好一個半國家的證而已，那便如何是好？至於這些國家的簽證規矩為什麼要這樣，我一時之間也無暇去多作了解，只關照旅行社盡人事全速辦理。一方面致電給主辦當局，告訴他我的簽證恐有耽擱，要他通知西班牙駐泰領事館給我緊急簽證。主辦當局回電給我說已關照領事館，並建議我爭取時間，先辦理其他國家的簽證，把西班牙的簽證留在最後。萬一來不及的話，根本不要簽證，可以直飛芭莎羅那，機場移民關口的事，由他們負全責。

我在芭莎羅那機場步下飛機的時候，海關人員會同一位法德混血兒的西班牙女郎英瑪小姐和有關的人員，已經迎候在那裡，對著我的護照只瞄了一眼便交還給我，然後簇擁著朝預先安排好的易士波旅館而去。

芭莎羅那是西班牙首府馬德里以次的第一大城市，位於地中海西岸，與巴黎和布魯塞爾，在地理上處於同一條緯線。芭莎羅那依山臨海，風景秀麗，初秋的氣候更是涼爽迷人，是歐洲著名的避暑勝地。當地人除西班牙語外，比較通行的是法語和義大利語，走出旅館以外，英語倒頗有英雄無用武之地。

歐洲和美國的許多旅遊場所，絕難看到有中國文字的牌匾，但是卻經常會有日文出現。倒楣起來的是中國人到的地方，常常會被當地人誤認為日本暴發戶駕到，因而鞠躬盡瘁，咬緊牙根，擠出一句「空尼基活」，聽得你毛骨悚然，無比的難過，他們不知道中國人和大和民族之間有過一段難以忘懷的民族感情的創傷！

對於西班牙，你大可不必花太多的精神和時間去了解它，它是一個在中世紀當過海盜，到處姦淫擄掠，殘殺無辜的國家，終於跟著葡萄牙這對難兄難弟在歷史之前由強盛到萎縮而沒落，但是你卻不能忽略了舉世欣賞的西班牙鬥牛。

在電影裡看到的那穿著一套緊身錦袍，肩披一襲紅色斗篷，背懸青峰寶劍，隨著輕鬆而又充滿誘惑的探戈樂曲的節奏，悠然自若地而又滿懷信心地步進鬥牛場，在那狂性已發，危機四伏的野牛馳奔的縫隙中舉帽與眾多為它擔心的觀眾點頭為禮，一副瀟灑英俊，臨危不亂的形象，怎不教人佩服得五體投地？

那勇士時而單膝跪地，抖動紅巾，讓那蠻牛使足氣力，衝將過來，勇士敏捷地輕輕一閃，避開了蠻牛的雷霆萬鈞之勢，蠻牛一撲落空，回頭又見紅巾飄揚，狂性又增一層，蓄勢再發。勇士見機行事，左避右閃，眼明手快，青峰寶劍已然在握，劍隨意走，牛背早已受創，蠻牛受此創傷，狂怒更甚，鼓起滿肚子的牛脾氣，迫得那兩個小小的牛鼻孔嗤嗤作響，衝撞得更急。而勇士志不在一劍結果了牠，目的只要牠消耗體力，因此劍刃點到為止，讓那蠻牛血灑沙場，狂奔不已，更增恐怖之感，也更增一分那鬥牛勇士的神乎其技的優越感。

——如此精彩的表演，你說，一個到了西班牙的遊客願意放棄嗎？因此，我對著那紅髮女郎英瑪小姐的第一個要求，是請她安排我看一場西班牙鬥牛。

她呷了一口酒輕輕地嘆了口氣說：唉，可惜你來遲了幾天，西班牙的鬥牛季節是從三月份開始一直到九月底止，現在這個季節剛剛過去，但是我們為你們這次到來舉辦的嘉年華會中有一場精彩的西班牙舞表演，希望你好好欣賞，作為一點補償。

非洲人不再光著屁股

頒發獎狀的嘉年華會就在EXPO旅館第二十三層樓上的大廳熱烈地舉行。到來參加的來自四十餘個國家的代表中，竟然有一半以上是西非國家的，如基內亞、加納、莫三鼻給、聖尼哥、布基那等，還有希臘、塞蒲路斯、埃及，我意外地遇到一位東非毛里求斯來的客戶，和一位科威特來的朋友，我們不約而同，他鄉遇故知，倒頗有親切之感。西非國家多數是法國殖民地，因此這個盛會變成了法語的天下，一位從巴黎來的法國小姐與我談生意，扯了老半天之後，到頭來還是那位西班牙女郎英瑪小姐為我們溝通了。

非洲國家經濟都還停滯在原始畜牧和農產為大宗。近年來工業品已有所改進，人民教育水準也有大幅度提高，這次傾巢而出，其志在不小，也可見他們對國際性的貿易，已經有了深度的了解，國家的經濟命脈，應該掌握在自己手裡，不再仰賴洋主子，這和我們幾十年前在泰山影片裡看到的那些光著屁股，手持長茅，尖聲怪叫的情景已經完全是兩回事。

在閒聊中，我方才知道，原來非洲人有好多生活方式與中國傳統相吻合的。譬如說，一個眾多子女的家庭，一般上都是由長子首先幫助父親分擔了家庭經濟的責任，直至弟妹們都一個個成家立業了，才各自分開出去，他們的婚姻觀念也是女子嫁出，男子娶進的。

初臨霧都滿頭霧水

若干時前，我第一次到紐約去，單槍匹馬，「人地生疏，番仔騎刀」，我那時的心情就有點兒忐忑不安，關心我的朋友都勸我留待有識途老馬的伴兒同行才好。最教我感到提心吊膽的，是我在加州的一位顧客告訴我說，他生平只去過兩次紐約便不想再去，原因是不堪那裡的黑人的騷擾，而且據說一些鼠竊扒手也都專門對著外地來的大鄉里下手。

這番好意我都一一接受，但是我想，紐約雖然人種品流複雜，但是只要住進高級一點的旅館，專走大街不捨正道而弗由，這樣應該不會有什麼問題，何況美國好幾個州，我都是獨來獨往，想至此，頗有點藝高人膽大的自負感。

到了紐約，因為朋友們的忠言猶在耳，不免戰戰兢兢，在方圓數公尺之內一見黑人仁兄出現，便即布好陣勢，防他突然發難……

畢竟是天地補忠厚，我平安愉快地度過了紐約的處女遊，這是閒話，但且按下不表。且說我這次到歐洲來，也是生平第一遭，除了西班牙有頒獎人來接機，我到倫敦去，可說是舉目無親。

我從比利時的安特衛普機場登機，不到一個小時便已到達倫敦機場，走下飛機，我方才知道倫敦希特托羅機場竟然有四個機場：希特托羅一；希特托羅二；希特托羅三和希特托羅四——那真是匪夷所思，駭人聽聞的事。我這時開始有點茫然，而且也頗後悔事先未對倫敦的地理環境作一番了解。我在曼谷預訂的是康辛敦旅館，現在該何去何從?我只好強作鎮定，推著行李車，沿著機場大廈慢慢地走著，向詢問檯請教他到康辛敦旅館的走法。服務員非常客氣的告訴我，以康辛敦為名的旅館一共有三家，走的路線不同，可以乘地下火車，也可以坐巴士，說著，送我一份市區地圖，並指點如何買巴士車票，到了那個車站，要下車來改乘計程車往旅館，服務態度的認真和誠懇教人非常感佩。

我因為急於想一看這個心儀已久的倫敦城，還不欲剛從天空下來、便鑽到地下火車去，因此便選擇了巴士車，讓我有機會可以瀏覽沿途風光。

剛才因為機場官員態度的友善，使我頗受感動，這裡暫時岔開話題，發揮一番。我相信經常出國的人，都有一種對各地機場海關人員那種態度冷暖自知。就我以亞洲、美洲和歐洲三大洲來比較，我認為歐洲海關關員，對旅客最友善，而以比利時最有人情味，他在護照上蓋章的同時，非常友善地告訴你，歡迎你下次再來，但不要忘記簽證，願你旅途愉快——一個在飛機艙裡方圓不過二方英尺的空間委屈了十幾個小時的人，忽而聽到這麼親切的話，身心的疲勞早就減去了一半。

海關關員態度惡劣的亞洲各城市，而以香港為最，亞洲各城市一般對旅客都抱著懷疑的眼光，因為翻箱倒篋之外，還對你不住地仔細端詳，這情形尤以香港最為可惡。誠然，我們不得不承認在甚多持泰國護照人中，難免有極少數幹犯法勾當的壞蛋，和一些走頭無路而迫得出賣肉體的可憐的人，但你總不能因為這少數的例外，而抱著男盜女娼的可惡的眼光，去懷疑所有持泰國護照的人。泰國在亞洲諸國中的經濟地位雖然起步稍遲一些，但是泰國的歷史文化是受到世界各國所尊重的。香港人雖然自小生長在殖民教育的統治下，不懂人權與尊嚴為何物，長大了，一點點起碼的修養和教育是非常必要的。

衣食足則知榮辱

英國人靠做海盜起家，到處劫掠，還在中國賣鴉片發了橫財，一邊飲著蘇格蘭威士基，一邊醉醺醺的發出豪語：「大英帝國無落日」——雖然酒醒之後，已經不是那麼一回事，但是英國卻從此變成了世界上第一個紳士，這乃真正符合了孔老夫子的「衣食足則知榮辱」的哲學。英國人比一般西歐人較有人情味，這是大大出我意料之外的。舉個例：英國旅館房間裡都有一個電水鍋，一個瓷茶壺，兩套瓷咖啡杯。難得的是一個小盒子擺著滿滿的小包裝的即溶咖啡粉、可可、中國茶、錫蘭茶、方糖、脫脂奶粉，讓你在房間裡隨時都可以自己動手沖泡。這樣的服務在旅館本身對旅客的投資不過是幾塊錢的事，而於旅客的感受來說，卻遠比一般旅館裡多派幾個穿著漂亮面目可憎的小廝，在等著開車門，強收小帳的惡劣表現所予人的印象，真是不可同日而語；旅館寧可在房間上頭多加幾塊錢的租金，卻不能一味為顧全餐廳的營收而虐待遠道到來的客人，多一分的溫情，總會有多一分的收穫。

我住的旅館，是包早餐的，那份早餐一早送到房間外，是一份歐洲大陸早餐，一竹簍的麵包、牛油、果醬、芝士、桔子水、鮮牛奶、即溶檸檬茶粉；整個竹簍用雙重透明塑膠膜密封，清潔衛生之外，還帶幾分美觀。你打開房門，它已靜靜擺在那裡等待著你到來享用。對著一個遠離家園的人，你可以想像得到那一份賓至如歸的喜悅。

隨處是藝術品的歐洲

我這次歐洲之行，因為志不在做生意，而是寄情於山水之間——「人若無求品自高」，心情異常輕鬆，遊興也倍加濃厚，每到一地便要到各處名勝古蹟瀏覽玩賞一番。我覺得在美國，他們是到全世界各地把好看的東西搬回博物館裡，讓人去參觀，可是在歐洲，好看的藝術品，名勝和古蹟都擺在馬路上，到處都是浮雕和石刻，無一不教你眼界大開，嘆為觀止，舉世聞名的倫敦西敏寺、聖保羅教堂，華爾威克古堡……看那些偉大的工程，一絲不苟的細緻的手藝，和倫敦塔裡收藏的歷屆帝皇加冕的皇冠、權杖、寶劍、鑲著大大小小無數的鑽石和珠寶，如果說世界上的財富有所謂價值連城的話，這些應該當之無愧了。

英國民族生性保守，好多可以保留下來的盡量保留，不予改變。古老的牛津大學校舍，邱吉爾的故居，大文豪莎士比亞的出生地，每日吸引著無數從各地慕名而來的遊客。

我第一次到歐洲來，看到這到處是藝術，到處是歷史文化，真是目瞪口呆，恨不得用最少的時間，多看一些東西。歐洲旅遊事業發達，導遊人才輩出，一山一川，一草一木，一座教堂，一尊雕刻，他都能道出它的一段曲折的和多姿多采的演變和歷史來，教你彷如處身其間，參與其事那般的感受。最教我印象深刻的是在布呂赫的遊艇上的那一次旅遊。

布呂赫是比利時西北部一個古老城市，距北海岸十四公里，從安特衛普去約一個半小時的車程，為比利時一個重要水陸運輸樞紐，有鐵路和運河通往內地，北海岸和法國西北部，十三世紀至十五世紀時曾為西歐重要貿易中心之一，工業以紡織、農業機械、電視機、家具等為主，後來因為安特衛普的興起，取代了布呂赫的貿易地位。

我的顧客加士頓先生親自駕駛汽車，帶著他的大二公子基洛和詹姆陪著我到布呂赫作一日遊。登上一艘可容三十六位乘客的小遊艇，在錯綜複雜的小河上遊覽，掌舵兼導遊的是一位壯健的滿臉鬍子的大漢，他的扮相使我想起電影維京 VIKING 的水手。

一路上他把這河流的掌故，兩旁建築物，遠處的一座教堂，對岸的古堡，從十一世紀起，如何經歷了可歌可泣，幾許的滄桑，夾雜著香豔的恩愛纏綿的愛情故事。但見他講到古代戰士衝鋒陷陣，攻城掠地的時候，激昂慷慨引吭高歌，講到世事滄桑大江東去的時候，便就改變了聲調不勝唏噓，在你面前講到愛情故事的時候，竟是把男女主角的那份溫馨甜蜜讓聽眾得到分享，對著你傾訴她內心的情愛和仰慕。

加強貿易保護勢所必然

人類世界有史以來，只有百年的戰爭，而無百年的和平。自二次世界大戰結束以後，人們對於另次世界大戰的戒心未曾有過鬆弛，只是逐漸地從火力的戰爭轉變為實質的經濟戰爭。

觀乎戰後日本經濟勢力的興起，美國貿易保護主義的步步進迫，沒落的歐洲諸小國早已如驚弓之鳥，因此在一九五八年，由比利時、法國、西德、義大利、盧森堡、荷蘭組成了歐洲共同市場，這是歐市的前六國，到了一九七三年一月，丹麥、愛爾蘭和英國三國宣布加入，這三國的加入占歐市人口的三十三點五波升。一九八一年希臘宣布加入。一九八六年一月，占歐市人口十七點九波升的葡萄牙和西班牙，也相繼加入歐洲共同市場，合共十二國，總人口達三億二千三百六十萬，並計劃一九九二年西歐統合成單一市場，為沒落的歐洲刻畫出美麗的遠景，屆時，歐洲共同市場會員國的人才、資金、產品與服務都可以自由流通，不但市場擴大，各國產業還可以透過資金與技術合作，提高競爭力。因此，這個無國界的歐洲將繼美、日之後，成為世界第三個經濟強權。屆時這個全區域生產毛額高達四兆七千億美元，僅次於北美經濟圈的歐市統合，築成一個歐洲堡壘，對內更開放，對外更封閉是勢所必然之事，新的貿易保護主義將如波濤洶湧般，一個緊接一個，人類為本身的生存而戰，也實在是無可奈何的了。

——一九八八年十二月

今日德國

Y. C.邀我到法蘭克福參觀商展，我說去年十一月我剛來過德國，現在才隔三、四個月，如何又要來？她說，法蘭克福這個商展會，每二年才舉行一次，不少從老遠地方專程趕來，錯過了可惜。我聽她這麼說，便馬上決定要去，也順便到德國探望幾位合作的商業夥伴。

貨品千般繁且雜，商展場館人擠人

商展場在法蘭克福機場東郊不遠的一座場地舉行，是有關配管方面的專業性展覽，共分九個展覽館展出。每一個館又分六層樓六個單位，距離展覽館大約二、三公里之遙的大廣場，闢三個巨型停車場，每個停車場總有兩三個皇家田廣場那麼大，展館有專用的巴士接送參觀人客。上了巴士，司機會一再叮嚀你記住剛才上車的站號和停車的位置，否則回程時尋覓汽車那就夠頭痛。

商展期一共四天，入場收費每人二十九馬克（約合四百五十銖），假如買全票，每人五十八馬克，可以在四天商展期間內無限次數參觀。

我的班機於清早八點到達法蘭克福。Y. C.把我從機場接到商展場去，我們選擇從第六館作為參觀的起點，因為如果不作重點選擇的話，即使窮四天的時間在場內，仍無法看完全部的九個館。這樣一直到下午五點多鐘，才看完了第六個館的五個樓次單位，還剩下八個展館尚未參觀，展出的貨物多種多樣，好多是我見所未見的新產品，而到來參觀的人潮之多，也令人咋舌。他們多是從世界各地到來的生意人，大部分展館都在各自的攤位內闢有一個或幾個小型會客室，參觀的人就在那裡談生意、下訂單。

因為到來的都是生意人，人潮雖然擁擠，秩序卻是井然。我每次在叻抛中央展覽館和詩麗吉展館看到的，規模上還不到法蘭克福一個館的那麼大，卻顯得亂烘烘，是在趕市集，不是在展覽。而且人喊馬嘶，兒啼妻罵，頗像「劉備攜民渡江」般的既悲且壯！這除了牽涉到主辦當局的經驗和條件之外，也關係到參觀者的文化水平。

逃出悲慘世界，求嘗香蕉滋味

東西德圍牆於一九八九年十一月八日被推倒，而於一九九〇年十月三日正式統一成為一個德國。東德人民於經歷了整整四十年的共產政權統治之後，民窮財盡，經濟完全破產，處在非常落後的階段，西德政府以無比龐大的勇氣和魄力，把東德一肩挑。

當時東德人民隨著圍牆的崩倒湧向西德，眼看到西德市面的繁榮，物資的豐富，東德人民眼淚汪汪，老一輩的人說，他們作夢沒有想到在這有生之年，竟然還會有機會能進入西德，呼吸到自由的空氣，好多在西德的親人，接待了他們，他們首先希望，能吃到一根香蕉！

千元馬克，長線遠鳶；取之西德，用之西德

提起香蕉，順便帶上一筆：德國人非常喜愛吃香蕉，他們在南美買下了整個香蕉園，由德國人自己經營，果實運回德國。德國政府還特別豁免了香蕉的進口稅，東德人自然不可能有機會能吃到進口香蕉，這次歐洲共同市場在蜜月的美夢中，首先遭遇到困擾的除了各國之間貧富不均的貨幣的爭執之外，有免稅進口的德國香蕉，和必須繳納進口稅的共同市場香蕉，也成為近日歐市報紙上每日爭論不休的話題，同樣一根香蕉，遭遇不同，身價迥異，命耶，運耶？……這是閒話，暫且按下不表。

且說西德政府在東德人潮隨著圍牆湧進的時候，宣布每一個東德人民可以在西德銀行領到一千塊馬克的臨時生活費。東德有一千多萬人口，這真是一項大膽的決策，令人震驚不已。可是不久之後，西德財經專家的調查，便發覺到這一千馬克並沒有離開西德，它們都完全被消費在西德市場。真正是取之西德，用之西德。這一來，反而間接地刺激了西德的經濟。

祖母型汽車輪購需十年，命短待來世有緣應可期

我們的飛機在東德區內的得勒斯頓降落，亨寧和卜比等都已等在那裡，把我們接到離得勒斯頓機場五十多公里的格羅立茲市鎮去。格羅立茲位處德國東部邊陲，北面為波蘭境，南面與捷克首都布拉格交界，形成了一個不是黃金三角，卻是共產社會的共慘三角區。

格羅立茲在戰前是德國的工業重鎮，好多重型機械廠和鋼鐵廠都在這裡建立。至戰爭期間遭盟機炸燬，至今數十年來並未得到修復。破破舊舊的工廠都還在咬緊牙關，採用人海戰術苦鬥。人民排隊登記要購買一輛共產區生產的祖母型小汽車，必須等待十年方才輪得到。好多命短的已經輪迴轉世數次了。

我們住進鎮上一間小旅館，這是典型的家庭式旅館。一九九二年時我來過一次，是一間四層樓的房子，每層樓只有三間客房，另闢一間作為公共浴室和廁所，所以倘使你半夜三更，午夜夢迴想要方便一下的話，都要

披衣帶履走出房外，非常不方便。房東太太要安排晚餐給我們，我問她有什麼特色的晚餐？她說鱒魚和牛排都有，但今晚旅館裡來了一位義大利房客，能燒一碟正宗義大利麵，問我要不要嘗試，我說太好了，但必須有好的葡萄酒，她馬上拿出一瓶薩克遜白葡萄酒來，瓶蓋一打開，頓覺芬芳撲鼻，滿室生香。房東太太傾樽倒出滿杯，黃澄澄的白葡萄酒，令人垂涎欲滴，未飲已先醉。同行的Y. C.是品酒專家，她在德國十餘年，每年秋季德國全國舉行葡萄酒節品酒盛會，她都應邀參加，但見她緩緩地端起酒杯，全神地端詳了一番之後，再輕輕把酒杯搖一搖，然後湊到鼻端，由遠而近，聞了一聞，再把酒杯移到兩片嘴唇，輕輕啜了一小口，含在舌尖上，並不即刻吞下，讓酒液在牙齒之間來回走動幾遍，方才滿意地讓它輕輕地溜下去，開口道：「啊，好酒！」

德國盛產白葡萄，是釀酒的好材料，各鄉各鎮都競相拿出祖傳祕方釀造出他們認為最好的葡萄酒，釀製好酒除好葡萄為先決條件之外，該年的天氣和雨水往往影響了葡萄的品質和酒的香醇。

據說最好是在葡萄成熟之前能趕上一場霜降，讓那纍纍晶瑩的葡萄再來一個含霜而熟，那麼釀出的酒便會香醇而甘甜。倘使雨水來得太早或太晚，太多或太少，都要教人扼腕嘆息，望天興嘆！德國人視釀酒為他們一項重要的工業，至今在海倫堡還存著一個建於十七世紀的全世界最大的釀酒桶，這只大酒桶的容量是二十二萬一千七百二十六公升，名稱叫嘉爾・瑟澳多。酒桶的長度八點五公尺，圓周直徑七公尺，從酒桶底部到達頂端的梯層是四十二級。我奔馳於這麼一個盛產好酒的國家，又兼有善於品酒的Y. C.同行，一路上真是三步一停，五步一駐，每一村，每一鎮，都要停下來品嘗一番之後再趕路。四月初的泰國天氣，早已進入「赤日炎炎似火燒」的酷熱氣候，可是在德國，此時卻還不時飄著雪花，迎面而來，把酒賞雪，也就有了另一番的心境，此時此地，也令人興起了無限的遐思。

一朝飽食忘飢餓，有工不做鬧罷工

我這次出差的時間，一共是四天。一個夜晚在飛機上度過，另外二個夜晚在東德的得勒斯頓，最後一個夜晚是在法蘭克福飛回來。這麼短促的四天時間，我竟然還會有剩下來閒暇的一天，真是不可思議的事。原來我們到達波捷邊境的時候，工廠正在鬧工潮，工友們在臺前搖旗吶喊，工會在幕後興風作浪，在統一前大家排隊輪候買麵包時一點事情都沒有，現在多拿幾塊錢馬克反而覺得非挺起脖子鬧一鬧不足以顯顯威風，正合了一句俗語說：「一朝有食，忘了三年饑荒！」

我縮短了一天的行程，大清早從東德的格羅立茲趕回法蘭克福，到達法蘭克福才不過上午八點多，Y.C.提議到海倫堡去。

我的心迷失在海倫堡

海倫堡距離法蘭克福二百公里，是德國西南部的一個城，在萊茵河支流納卡河畔，老城在南岸，十七世紀時曾遭毀，現為文化教育和旅遊中心。新建車站，辦公樓多向城西發展，工業有機械、印刷、電氣設備及科學儀器、水泥等。海倫堡大學建於一三八六年，設有科學院、醫學研究所及天文臺等，都在世界享有盛名。

Y. C.的汽車一駛上高速公路，便以接近二百里時速直衝，好在德國是鼓勵開快車，卻不歡迎開慢車，半個多鐘頭就到了。

在介紹海倫堡之前，我想先引一首詩：

我的心迷失在海倫堡。
那是一個仲夏之夜。
我愛上了她，深深地捲進了愛的迷茫中。
她玫瑰紅的櫻唇笑得那麼開朗，
當我們離開時，
我吻別了她。我的心迷失在海倫堡。我的心仍縈迴在納卡河邊。
我還記得一個黃昏。
她的秀髮輕盈，我吻上她的紅唇，
明媚的藍天，把納卡河映成銀海。

我已領略到，是誰在我身邊，
納卡河的美酒香花如昔，
歲月隨年華消逝。
倘若你問我何所思？
告訴你，朋友！那正是我夢魂所牽，
別來無恙否？親愛的。
美麗的海倫堡，妳是日爾曼的天堂！
我帶著傷感離開，
我永遠懷念妳，妳是我的回憶！

——就像這首詩所描述的一樣。好多從遠處到來的遊客，都會被海倫堡的神祕魅力所迷。

龍蛇龜鱉，盡是妙藥；蛆蟲狗蟻，皆爲靈丹

海倫堡城堡，是十三世紀神聖羅馬帝國的萊茵選帝侯的居城。城堡拔海五百六十八公尺，可乘纜車而上，登上瞭望臺，俯覽全城，有「一覽天下小」之優越感！從城堡沿地窖而下，赫然發現一處藥物博物館，陳列了自十六世紀至十九世紀德國早期的丹、膏、丸、散。製作的原料與中國的草藥藥材非常相近。有五穀、瓜果、礦物、獸類、蛇蟲、龜鱉、蛤蚌、牡蠣、珍珠、毛髮、骷髏……等，竟然都是製藥的材料。德國醫學傲視世界，德國的藥物更是舉世無與倫匹，卻做夢都想不到二、三百年前，德國醫藥的發源，竟然會和中國的藥材相吻合，真的是匪夷所思。更妙的是存放藥材的箱櫃，就跟現在我們在曼谷中藥材店的那些箱櫃一模一樣，一格一格的，煞是有趣。

哲人之道折煞人，悟道之後成哲人

在城堡對面，走過奧迪橋，便是非常有名的「哲人之路」。這條「哲人之路」，是在河流北岸小山丘上修築的散步道，兩旁樹木林立，曲徑通幽，沿梯拾級而上。梯級甚陡，蜿蜒而上，約需一小時左右，方能到達上面，非常吃力。因為梯級甚窄，又無停腳之地，因此許多走到半梯，氣喘吁吁，卻又進退不得的人，便都埋怨道：這不是「哲人之路」，而是折煞了人的「折人之路！」……是否當年有過無數哲學家來過這裡而得名，抑或是人來到這裡，受到折磨，想通了，悟出一番「哲理」來，而成了哲學家，那只好質諸德國高明了。

——一九九三年五月

國家圖書館出版品預行編目（CIP）資料

走過歷史 / 胡惠南著. -- 初版. -- 新北市 : 繪虹企業, 2015.12
面； 公分 （RH001）
ISBN 978-986-92352-9-7（平裝）

855 104025152

RH001
走過歷史

作者／胡惠南
主編／蘇婧
排版設計／林鳳鳳
出版社／泰國洲際書屋

出版發行／繪虹企業股份有限公司
電話／(02)2218-0701 傳真／(02)2218-0704
E-mail／rphsale@gmail.com
Facebook／www.facebook.com/rainbowproductionhouse
地址／台灣新北市231新店區寶元路一段91-1號1F

台灣地區總經銷／高見文化行銷股份有限公司
電話／(02)2668-9005 傳真／(02)2668-9790
網址／www.booknews.com.tw
地址／台灣新北市樹林區佳園路二段70-1號

港澳地區總經銷／豐達出版發行有限公司
電話／(852)2172-6513 傳真／(852)2172-4355
E-mail／cary@subseasy.com.hk
地址／香港柴灣永泰道70號柴灣工業城第二期1805室

ISBN／978-986-92352-9-7（平裝）
初版一刷／2015.12
定價／新台幣320元